OEUVRES
DE FLORIAN,

DE L'ACADÉMIE FRANÇAISE.

Nouvelle Édition,

ORNÉE D'UN PORTRAIT ET DE VINGT-QUATRE GRAVURES.

TOME SIXIEME.

—

PIÈCES ACADÉMIQUES.
PRÉCIS HISTORIQUE SUR LES MAURES D'ESPAGNE.

PARIS,
CHEZ MÉNARD, LIBRAIRE-ÉDITEUR,
PLACE SORBONNE, 3.

ŒUVRES

DE FLORIAN.

OEUVRES
DE FLORIAN,

DE L'ACADÉMIE FRANÇAISE.

Nouvelle Édition,

ORNÉE D'UN PORTRAIT ET DE VINGT-QUATRE GRAVURES.

TOME SIXIÈME.

—

PIÈCES ACADÉMIQUES.
PRÉCIS HISTORIQUE SUR LES MAURES D'ESPAGNE.

PARIS,
CHEZ MÉNARD, LIBRAIRE-ÉDITEUR,
PLACE SORBONNE, 3.

—

1838

AVERTISSEMENT

DE L'ÉDITEUR.

Les lettres qui suivent étaient destinées à faire partie de la correspondance de Florian, qui se trouvera dans le tome V des OEuvres posthumes, sous le titre de *Lettres à divers et Réponses* ; mais elles ont un rapport tellement direct avec la réception de Florian à l'Académie française, que nous avons pensé qu'elles figureraient beaucoup plus convenablement, et présenteraient un bien plus grand intérêt, étant placées à côté du discours qu'il prononça, suivant l'usage, à cette époque. En effet, ces lettres contiennent pour ainsi dire l'historique de la réception de l'auteur à l'Académie. Il y raconte, avec une franchise peu commune, les nombreuses démarches qu'il a faites, les mouvemens qu'il s'est donnés ; il cite les concurrens contre lesquels il a eu à lutter ; enfin il retrace les mesures de toute espèce auxquelles il s'est vu forcé d'avoir recours, pour obtenir une place que son mérite connu semblait devoir lui assurer, sans aucune espèce de brigue.

Ces moyens de succès étaient tout-à-fait étrangers au caractère de Florian, qui avait la bonhomie de croire que, pour arriver à l'Académie, il suffisait d'avoir publié des ouvrages généralement accueillis. Mais, après avoir échoué une première et peut-être une seconde fois, après s'être vu préférer des rivaux à peine connus, il vit bien qu'il lui fallait, ou renoncer au titre d'académicien, ou employer les mêmes moyens que ses concurrens, afin de pouvoir les combattre à armes égales. Ce ne fut pas sans peine qu'il prit ce dernier parti, si l'on en juge par la manière dont il s'exprime à ce sujet dans une de ses lettres.

« J'ai cru long-temps, écrit-il, que le travail « seul devait conduire aux récompenses ; je m'a-« mende ; et, pour cette seule fois, je vais employer « d'autres moyens. Je commence à être un peu « piqué de me voir toujours préférer des personnes « que je ne connais que lorsqu'elles passent devant « moi ; et cette fois-ci je veux en découdre abso-« lument. »

Nous nous bornerons à cette citation ; la lecture des lettres prouvera suffisamment qu'elles sont ici dans leur véritable place.

LETTRES

DE FLORIAN,

RELATIVES A SA RÉCEPTION A L'ACADÉMIE FRANÇAISE.

ADRESSÉES

A M. BOISSY D'ANGLAS.

LETTRE PREMIÈRE.

Vernon, ce 24 janvier 1788.

Il y a long-temps, mon cher confrère, que je vous dois des remercîmens pour les deux lettres si aimables qui se sont croisées avec les miennes. Je vous dois surtout de la reconnaissance pour la manière dont vous avez accueilli Estelle. Vous lui avez dit de plus jolies choses qu'elle n'en a jamais entendues de Némorin, et votre indulgence pour elle la consolera de quelques sévérités qu'elle a éprouvées de M. l'abbé Morellet.

Malgré ses critiques, malgré les vôtres, mon confrère, et celles de quelques autres, Estelle va bien : mon édition est presque épuisée, et l'on imprime la seconde. Après un mois de tracas que donnent le jour de l'an et la publication d'un ouvrage, j'étais venu passer dans le calme une quinzaine de jours à Vernon ; mais la trompette sonne et me rappelle aux alarmes. Le cardinal de Luynes est mort, et je pars demain matin pour aller demander sa place à l'Académie. Tous mes amis m'y excitent : quand je dis tous, j'ai tort ; car j'en ai bien quelques-uns qui, sans doute par intérêt, craignent que je n'aie pas mérité ce que je brigue, et sans

critiquer mes anciens ouvrages, me poussent à en
faire de nouveaux. Comme les extrêmes se tou-
chent, leur extrême amitié ressemble à l'indifférence : mais cela m'est égal, je ne les en aime pas
moins quand ils sont aimables ; et je n'ai besoin de
personne pour savoir que ce que j'ai fait, tout médiocre qu'il est, vaut mieux que les titres de mes
rivaux, voir même de beaucoup de mes...... Suffit.
Je commence à être un peu piqué de me voir
toujours préférer des personnes que je ne connais
que lorsqu'elles passent devant moi ; et, cette fois-
ci, je veux en découdre absolument. M. Vicq-d'A-
zir est mon plus redoutable rival ; il a sur moi le
grand avantage de n'avoir été lu de personne ; mais
je n'en oserai pas moins troubler son triomphe ,
et je me battrai de toutes mes forces : j'ai déjà mis
en jeu mes princes, mes princesses, mes amis. J'ai
cru long-temps que le travail seul devait conduire
aux récompenses ; je m'amende, et, pour cette
seule fois, je vais employer d'autres moyens.

Vous voyez, mon cher confrère, quelle est ma
confiance en vous ; je la pousserai plus loin encore, car je viens vous demander de vouloir bien
écrire le plus tôt qu'il vous sera possible à M. de
La Harpe, votre ami, pour lui demander de m'ho-
norer de son suffrage. Lorsque je lui envoyai Estelle, j'en reçus un billet très-obligeant qui finissait

par ces mots soulignés : *Comptez sur moi*. Depuis,
je l'ai trouvé plus froid, et il m'a fait entendre qu'il
pourrait bien donner sa voix à M. Vicq-d'Azir. Je
vous demande de vouloir bien lui en écrire, et lui
représenter que son amitié pour M. de Voltaire, qui
aima mon enfance, et à qui je suis allié, son amitié pour moi-même, qui n'ai rien fait pour la perdre,
si ce n'est Numa, sembleraient devoir m'assurer
un appui dans lui ; et que de le voir contre moi,
ne fera pas beaucoup d'honneur ni à moi ni peut-
être à lui. Je laisse tout cela à votre prudence et à
votre amitié. Au surplus, je fais cette démarche
vis-à-vis de vous, sans prétendre faire la moindre
bassesse vis-à-vis de M. de La Harpe, mais par le
désir que j'ai de lui avoir une obligation qui me
le fasse toujours aimer.

Ce moment-ci m'occupe beaucoup, mon cher
confrère, et va beaucoup m'occuper. Je me console
d'avance du succès, quel qu'il soit : car, si je réussis, je serai fort aise ; et si je ne réussis pas, je serai *à l'aise* avec beaucoup de personnes. J'aurai
fait ma demande, on me l'accordera ensuite quand
on voudra. J'attendrai sans colère, je vous en réponds. Parlons pourtant d'autre chose, celle-ci doit
vous ennuyer.

Les vers charmans que vous avez bien voulu
faire pour moi sont assurément peu mérités ; mais

ils sont si jolis, que j'ose les aimer devant tout le monde. J'aurais beau jeu pour vous en rendre ; mais je ne suis pas en train de rimer, et mon cœur un peu plein peut à peine vous exprimer sa reconnaissance.

J'oublie de vous dire que M. Garat se présente aussi, et divisera peut-être la faction Suard, qui est Vicq-d'Azir. M. de Bauveau, qui entraîne beaucoup ordinairement, s'est déclaré tout haut pour Estelle. Sedaine prend la même cocarde publiquement, et quelques autres aussi sont pour moi. Il est vrai que ce sont ceux que je connais le moins ; ce qui fait bien la satire de mon caractère : mais enfin la journée sera chaude. Élevez vos bras au ciel en ma faveur, et 'Amalec tombera sous les coups d'Israël.

Adieu, mon cher confrère , je vous embrasse et je vous aime de tout mon cœur, comme vous méritez d'être aimé de quiconque vous connaît un peu.

LETTRE II.

Anet, 7 mars 1788.

Vous êtes le premier, mon cher confrère, à qui j'écris pour annoncer que l'Académie française m'a élu hier jeudi 6 mars, pour remplir la place vacante par la mort du cardinal de Luynes. M. Vicq-d'Azir, mon concurrent, m'a disputé la place de si près, que j'ai eu la pluralité d'une seule voix. Quinze contre quatorze m'ont fait gagner ma cause. Mais les soins, les peines, les courses qui m'ont entièrement occupé depuis six semaines, la nécessité de partir dans la nuit pour venir ici annoncer mon élection à M. le duc de Penthièvre, tout cela m'a réduit à un tel excès de fatigue, que je peux à peine tenir ma plume. Ceci est le combat d'Argant et de Tancrède ; le vainqueur est peu différent du vaincu.

Cependant, mon cher confrère, je me reprocherais de laisser passer un jour de plus sans vous remercier de tout ce que je vous dois, des efforts que vous avez employés auprès de M. de La Harpe. Je ne doute pas plus à présent de son amitié que de la vôtre, et c'est mon plus fort serment ; c'est vous dire aussi, j'espère, combien elle m'est chère, combien j'y attache de prix. J'en sais beaucoup plus que je ne puis vous en dire, mon cher confrère ; je suis épuisé de fatigue, mais je suis bien reconnaissant et surtout bien tendrement attaché. Je vous embrasse de tout mon cœur, comme je vous aime.

LETTRE III.

Au château de Sceaux, 6 avril 1788.

IL y a long-temps, mon cher confrère, que je vous aurais remercié de vos aimables lettres et de l'intérêt que vous avez bien voulu prendre à mes petits succès ; mais, en vérité, depuis un mois, les heures du jour ne m'ont jamais suffi pour remplir tout ce que j'avais à faire. Vous savez combien l'on est occupé à Paris : si vous y ajoutez les visites, les courses, les remercîmens qu'ont exigés de moi une place à l'Académie et la croix de Saint-Louis, obtenues en même temps, vous me pardonnerez peut-être un retard que je ne me pardonne pas. Enfin je commence à respirer, car mon discours est fait ; et le premier délassement que je prends est de vous écrire, de vous remercier des services que vous m'avez rendus auprès de M. de La Harpe, de l'intérêt que vous m'avez marqué, et de la réparation que vous avez faite de vos sanglantes critiques sur la pauvre Adélaïde. Heureusement elle ne vous craint plus, la voilà sauvée de sa terrible maladie et de vos pates ; car, en vous faisant son médecin, vous avez, selon l'usage, pensé tuer cette pauvre fille. Dieu vous le pardonne! pour moi, je l'ai encore sur le cœur.

Il me serait difficile, mon cher confrère, de vous rendre un compte détaillé de ma grande bataille avec M. Vicq-d'Azir. Elle a duré long-temps, et chaque semaine la victoire changeait de parti. La veille du jour, j'étais battu; et, sans le maréchal de Duras, que j'allai voir le matin, et que je décidai, tout était perdu. M. de La Harpe m'a marqué une amitié à laquelle je suis bien sensible, et dont j'aime à vous devoir une partie; mais celui à qui je dois ma place, c'est M. de Marmontel, qui m'a servi avec beaucoup de succès et de zèle. Je ne l'oublierai jamais.

Je compte que ma réception se fera le 15 de mai, jour que M. le duc de Penthièvre a choisi. Il y sera avec son adorable fille et les enfans d'Orléans. J'espère que ce sera un beau jour, et que sa présence donnera de l'éloquence à mon discours. Le lendemain, mon aimable prince priera à dîner toute l'Académie à Sceaux, où les eaux joueront, et où ils seront sûrement contens de la politesse du seigneur du lieu. Voilà nos projets; que ne puis-je y mêler l'espoir de vous embrasser cet été, de faire avec vous de ces agréables promenades qui ne le seront plus tant sans vous. Tâchez de le réaliser bientôt, cet espoir, mon cher confrère ; et croyez qu'à Nismes, et même à Annonay, vous n'avez pas de meilleurs amis que ceux qui vous regrettent ici, et surtout celui qui vous embrasse de tout son cœur.

LETTRE IV.

Paris, 31 mai 1788.

DEPUIS long-temps, mon cher confrère, je forme tous les jours le projet de vous écrire et de vous envoyer mon discours ; mais, depuis le mois de janvier, je n'ai pas respiré un instant. J'ai été écrasé de bonheurs ; tout m'est arrivé à la fois, et les jours m'ont à peine suffi pour les visites et les devoirs indispensables que tant de félicité m'a imposés. J'ai obtenu en trois semaines le brevet de lieutenant-colonel, la croix de Saint-Louis, mon fauteuil académique, et une abbaye à six lieues de Paris pour une tante à moi, religieuse à Arles.

Je commence à respirer un peu, et mon premier soin est de vous faire hommage d'un discours qu'on a reçu avec beaucoup de bonté. La séance où je l'ai prononcé était très nombreuse et très-brillante. M. le duc de Penthièvre et son adorable fille y ont été accueillis avec transport. Tout ce qui les regardait était saisi avec enthousiasme, et le plaisir que donnait leur présence a rejailli

sur mon faible discours. Ce jour a été le plus beau
de ma vie. Il a été beau aussi pour notre ami
commun, M. de La-Harpe, dont les beaux vers
sur la poésie descriptive ont été applaudis autant
qu'ils le méritaient. Après ces beaux vers, j'ai
risqué quelques fables, et on les a parfaitement
reçues; vous voyez que quelquefois Pope a raison,
et tout va bien.

Le lendemain, mon prince a donné à Sceaux
une fête superbe à l'Académie. Ils ont tous été
enchantés de la grâce, de la politesse noble et
franche du petit-fils de Louis-le-Grand. Les Muses,
si long-temps citoyennes de Sceaux, ont reconnu
leur ancien asile ; nos naïades sont toutes sorties
de leurs grottes pour voir les successeurs des Fontenelle, des Saint-Aulaire et des Malezieu : il ne
manquait à la fête que M. Dussaulx, et nos nym-
phes en perdaient la tête.

L'Académie est fort contente, mon cher confrère; elle a consigné dans ses registres les bontés
de M. le duc de Penthièvre, et lui a fait une visite
en corps pour lui exprimer sa reconnaissance.
Tous ceux dont je n'ai pas eu la voix me comblent
d'amitiés, et semblent m'offrir leur cœur. Combien
de gens ne voudraient pas de ce marché!

Je joins à mon discours, mon cher confrère, un
exemplaire du troisième volume de mes comédies

qui vous manque, à ce que je crois. Acceptez tout cela comme un faible gage de la tendre amitié que je vous ai vouée pour ma vie, et avec laquelle je vous embrasse de tout mon cœur.

Voulez-vous bien me rappeler au souvenir de votre illustre ami, M. de Montgolfier.

DISCOURS ACADÉMIQUES.

DISCOURS

PRONONCÉ

PAR FLORIAN,

A SA RÉCEPTION A L'ACADÉMIE FRANÇAISE , LE 14 MAI 1788.

DISCOURS

PRONONCÉ

PAR FLORIAN.

Si l'honneur d'être admis parmi vous pénètre de reconnaissance l'écrivain qui peut vous offrir les plus beaux titres de gloire, quels sentimens ne doit pas éprouver celui qui, jeune encore, se trouve assis au milieu de ses maîtres ! Les illusions de l'amour-propre seraient peut-être pardonnables dans ce jour ; mais elles ne m'éblouissent point : ma sensibilité m'en garantit. Je perdrais trop de mon bonheur, en imaginant le devoir à moi-même ; et mon cœur jouit mieux d'un bienfait, que ma vanité ne pourrait jouir d'un triomphe.

Non, Messieurs, mes faibles essais n'auraient pas suffi pour me concilier vos suffrages ; mais ils étaient soutenus par l'intérêt dont m'honore le prince [1] que vous révérez tous ; celui que soixante ans d'une vie pure et sans tache ont rendu l'objet

[1] S. A. S. Monseigneur le duc de Penthièvre, présent à cette séance.

de la vénération publique ; dont le nom, tant de fois béni par le pauvre , n'a jamais été prononcé que pour rappeler une bonne action ; qui , né dans le sein des grandeurs , comblé de tous les dons de la fortune , ignore s'il est d'autres jouissances que celle d'être bienfaisant ; celui dont l'aimable modestie souffre dans ce moment de m'entendre révéler ses secrets , et qui aura peine à me pardonner la douce émotion que je vous cause. Il a daigné solliciter pour moi : son rang n'aurait pas captivé vos âmes fières et libres : mais ses vertus avaient tout pouvoir sur vos cœurs vertueux et sensibles.

Au désir de lui complaire , en m'adoptant , s'est joint sans doute le motif de donner aux jeunes littérateurs plus d'émulation et de courage. Vous avez voulu que je pusse leur dire : Travaillez , le prix vous attend ; consacrez à l'étude ce temps précieux de la jeunesse, perdu trop souvent dans de vaines erreurs ; vous y trouverez des jouissances pures ; vous éviterez des repentirs amers en méditant sur la vertu , en cherchant toujours à la peindre ; votre cœur , épris pour elle , s'enflammera du désir de pratiquer vos propres leçons ; votre talent prendra bientôt une nouvelle énergie (car le talent élève l'âme); vous deviendrez à la fois meilleurs , plus instruits , plus heureux ; l'estime publique récompensera vos mœurs ; et vos juges , qui compteront

vos efforts et non vos années , s'empresseront de
récompenser vos plaisirs.

En effet , si l'amour du travail rend heureux
dans tous les âges, il est surtout utile dans la jeunesse. C'est lorsque les passions fougueuses luttent
sans cesse contre une raison faible ; lorsque le cœur
sans défense , et ouvert pour ainsi dire de toutes
parts , s'offre de lui-même à toutes les séductions,
que l'âme , avide d'émotions nouvelles , vole au-
devant de tout ce qui peut l'affecter : c'est alors
qu'il est nécessaire de donner de l'aliment à cette
activité inquiète , de diriger vers un but utile cette
ardeur dont on doit profiter , et d'arracher sa vie
à l'ennui , après lequel marchent souvent les vices.

Vainement , dans le monde , s'occupe-t-on sans
cesse d'échapper à cet ennui : la peur qu'il y ins-
pire prouve sa présence dans ces assemblées tumul-
tueuses , où l'on s'est cherché sans désir , où l'on
se quitte sans regret. L'homme capable de penser
sent bientôt le vide qui l'environne ; il se trouve
seul , sans être avec lui-même , celui surtout que
sa jeunesse soumet plus qu'un autre à ces vains de-
hors, à ces frivoles devoirs. La seule règle sur laquelle on le juge, ne peut, sans un danger extrême,
déployer un moment son caractère : s'il ose désap-
prouver ce qu'il blâme, sa franchise paraît de l'orgueil ; s'il attend d'être convaincu pour se rendre,

son courage est opiniâtreté ; et s'il parle , on l'humilie. Ah ! qu'il rentre dans l'asile où il a le droit de penser ! L'étude , en le préservant du tourment de dissimuler , ou du malheur de déplaire , lui donnera cette paix du cœur , premier et seul bien de la vie ; abrégera les longues heures , charmera le moment présent par les plaisirs qu'elle procure, embellira d'avance les jours futurs par les succès qu'elle promet , et fera revivre pour lui le passé par les fruits qu'il en recueille sans cesse.

Instruit de ces vérités dès mon enfance, l'espérance que j'en ai conçue m'a valu plus de bonheur que la fortune n'en peut donner. Qu'il me soit permis de le dire, que le sévère censeur, prêt à me blâmer de ce que j'ose vous entretenir de moi, daigne réfléchir qu'à mon âge on n'a pu étudier l'homme que dans soi-même. Et qui oserait prétendre ici à ne dire que des choses nouvelles ! Vous avez tout pensé, vous avez tout écrit ; les expressions répétées de mon inutile reconnaissance ne satisferaient que mon cœur. Plutôt que de vous fatiguer de ce que je vous dois aujourd'hui, souffrez, Messieurs, que je vous rende compte de ce que je vous ai dit dans tous les temps.

Ce goût du travail, cet amour de la gloire, me furent inspirés par vos écrits : dès mon enfance ils étaient dans mes mains. Que de charmes cette douce

occupation a répandus sur mes jours ! Élevé chez
le digne prince dont les bontés faisaient tout mon
héritage, je contemplais de près la vertu : elle s'of-
frait à moi dans tous ses charmes. Vos ouvrages,
en m'éclairant, m'apprenaient à la mieux sentir , à
la respecter davantage : je lisais chez vous le précepte; le même jour je voyais l'exemple.

Forcé bientôt, par mon état, d'aller passer mes
jeunes années dans ces villes guerrières où l'homme
sensible est si souvent seul, où les amis sont d'autant plus rares que les compagnons sont plus nombreux, où le temps se partage sans cesse entre la
fatigue et l'oisiveté, combien de fois j'ai trouvé dans
vos écrits le délassement et la paix dont mon esprit avait besoin ! combien de plaisirs vous m'a-
vez valu ! Qu'il était doux pour moi, au sortir d'un
exercice, d'aller relire sous un arbre les Géorgi-
ques ou les Saisons ; ou bien, me transportant en
idée à ce théâtre dont j'étais si loin, de verser des
pleurs délicieux pour l'épouse de Lincée ! Plus
souvent, méditant les devoirs de l'homme, et cherchant à devenir meilleur, j'écoutais le vieillard
Bélisaire, et je sentais mon âme s'élever en même
temps que mon esprit s'éclairait. Je relisais ces
contes charmans où la brillante imagination embellit les préceptes de la morale, les fait pénétrer
dans le cœur en flattant sans cesse le goût, et jette

sur la vérité un voile riche et transparent qui aug-
mente ses charmes. Ainsi je vivais avec vous, Messieurs, et je ne vous connaissais point encore ;
vous étiez les bienfaiteurs de ma raison, et j'étais
ignoré de vous.

Nourri de ces utiles lectures, je sentais déjà le
besoin d'imiter ce que j'aimais, lorsque, appelé par
ma famille auprès de ce grand homme que les siècles auront tant de peine à reproduire, je connus
Voltaire. Je vis ce vieillard courbé sous les lauriers
et sous les années, rassasié de triomphes, et toujours prêt à rentrer dans la lice au seul cri de
l'humanité ; attirant dans sa retraite, des extrémités du monde, les princes, les voyageurs, et se
plaisant davantage à donner un asile aux infortunés ; honoré de l'amitié, des bienfaits de plusieurs
souverains, et partageant avec l'indigence les biens
que la fortune étonnée avait laissé conquérir au
génie.

Ce beau spectacle m'enflamma ; je me livrai
sans résistance au charme qui m'entraînait, sans
examiner si j'avais reçu de la nature une étincelle
de ce feu sacré dont vous seuls, Messieurs, conservez le dépôt. Je pris mon ardeur pour de la
force, et mon attrait pour du talent ; j'écrivis. Dès
ce moment, toutes mes jouissances furent dou-
blées, toutes les facultés de mon âme s'augmentè-

rent, toutes mes sensations devinrent plus vives ; rien ne fut plus indifférent à mes yeux. L'aspect d'une campagne riante me transporta ; le chant des oiseaux, le murmure de l'onde, le tranquille silence des bois, tout me parla, tout me fit éprouver des émotions qui m'étaient inconnues. L'arbre, que je n'avais pas daigné regarder, m'arrêta sous son ombrage, me fit rêver délicieusement. La solitaire fontaine, que je n'avais cherchée autrefois que pour m'y désaltérer, je la cherchai pour m'y plaire, pour écouter le bruit de ses eaux. Les déserts mêmes, les monts escarpés, les lieux incultes et sauvages, eurent des charmes pour moi ; tout s'embellit à mes regards. Chaque objet, devenu modèle, me fit méditer un nouveau tableau ; je sentis enfin la nature, premier bienfait de l'amour des arts.

Animé par les encouragemens que l'indulgence accorde toujours aux premiers efforts, j'osai me présenter dans la lice où vous seuls, Messieurs, donnez la couronne. Vous me sûtes gré de mon émulation, vous sourites à mon ardeur, et votre bonté la récompensa bientôt. Plusieurs d'entre vous, amis, élèves, compagnons de gloire de Voltaire, voulurent s'acquitter envers moi de ce qu'ils pensaient lui devoir. Celui surtout que vous pleurez encore, quoique si dignement remplacé ; celui qui fit tant d'honneur aux sciences, aux lettres, à l'humanité ; dont le nom, respecté de tous les savans de l'Europe, était encore chéri de l'indigent, d'Alembert m'honora de son amitié. Celui que l'élite de la capitale court applaudir avec transport, lorsqu'il révèle dans le Lycée les secrets de cet art sublime qui lui inspira Warwick, Philoctète et Mélanie ; l'infaillible interprète du goût, daigna me donner des leçons. Le chantre heureux des plaisirs champêtres, l'harmonieux traducteur de Théocrite et de Pindare, le sage historien du roi père des lettres, et le noble guerrier qui, couronné de la main des Muses, comblé des honneurs militaires, quitte envers sa patrie et son nom, libre de jouir désormais d'un repos et d'une gloire achetés par des succès, abandonna ce repos, son pays, ses amis, ses goûts, pour aller s'associer aux dangers des Washington et des La Fayette : tous ceux pour qui Voltaire vivait encore me tendirent la main, soutinrent mes pas chancelans ; et, m'entraînant malgré ma faiblesse, ils m'ont conduit à leur suite jusque dans ce sanctuaire. Ainsi quelquefois de vaillans capitaines élèvent aux honneurs un jeune soldat, parce qu'ils l'ont vu servir enfant sous les tentes de leur général.

Quels devoirs vous m'avez imposés, Messieurs ! quelles obligations je contracte ! Ce n'est point

ma vaine reconnaissance qui peut justifier votre
adoption ; ce n'est point cet amour du beau, que
j'ai puisé dans vos ouvrages, ni ce stérile désir
d'approcher de ce que j'admire. Il faut d'autres titres, sans doute, pour oser s'asseoir sans effroi à
cette place que tant de grands hommes ont occu-
pée ; pour oser porter mes regards sur ces murs
sacrés où les ombres illustres de l'immortel Ri-
chelieu, du vertueux Séguier, du plus magnanime
de nos rois, semblent, toujours attentives, juger
sévèrement chacun de vos choix. Que dis-je ? ai-
je besoin de porter si loin ma vue ? Cette place
vide, ce triste deuil qui doit si long-temps obscur-
cir vos fêtes, votre douleur muette et profonde ;
tout me dit assez que vos pertes sont irréparables.
Il vient de vous être ravi , ce génie vaste et profond qui, embrassant l'immensité de la nature,
trouva dans son imagination autant de trésors que
dans son modèle ; se lança d'un vol rapide par-
delà les bornes de notre univers ; et, non content d'avoir pénétré tous les secrets du passé, voulut encore arracher le voile qui couvre le présent
et l'avenir ; à qui toutes les nations éclairées venaient soumettre leurs doutes, et apporter en
tribut leurs découvertes nouvelles, comme au seul
homme qui pût interpréter l'immortel écrivain

dont la vie peut être comptée au nombre des époques de la nature.

Votre présence, Messieurs, peut seule adoucir
nos regrets. Redoutable pour moi seul, elle est
rassurante pour la nation. Comme Français, je
m'enorgueillis en regardant ceux qui nous restent ;
comme votre confrère, je tremble en contemplant
ceux qui m'adoptent. Là, c'est le rival de Shakes-
peare ; ici, l'émule de Tacite ; ici, l'éloquent dé-
fenseur de l'humanité souffrante, à qui les sciences
doivent des lumières, à qui le pauvre devra des
asiles ; là, ce confident de la nature, qui sut nous
tracer de la même main les amours naïfs de la
jeune Rose, et l'adorable caractère du *Philosophe
sans le savoir* ; à qui son âme seule apprit l'art d'é-
mouvoir les cœurs, et qui possède ce talent si sûr,
comme son Philosophe possède ses vertus sans
effort et sans vanité. Partout je vois des titres de
gloire, et chacun de vous me fait mesurer avec effroi l'intervalle qui me sépare de lui.

Mais c'est au milieu de ces frayeurs mêmes que
j'éprouve de nouveaux bienfaits de mon amour
pour le travail. Oui, je redoublerai d'efforts ; oui,
je prends ici l'engagement de consacrer ma vie entière à mériter ce beau jour ; de tout employer, de
tout tenter pour me rendre digne du titre dont
vous m'avez honoré. En sortant de ce triomphe,

je rentre dans la carrière; et, la couronne sur le front, je vais combattre avec plus d'ardeur que s'il fallait encore l'obtenir.

Guidé par vous, Messieurs, je trouverai peut-être ce naturel aimable, cette simplicité touchante, cette délicatesse de sentimens que j'ai toujours non pas cherchée, mais désiré de rencontrer. Vous remplacez le maître qui devait m'apprendre ces heureux secrets, celui qui daigna sourire aux faibles sons de ma flûte pastorale, et diriger mes premiers pas dans la carrière qu'il avait parcourue avec tant de gloire. Par quelle fatalité m'a-t-il fallu déplorer sa perte, au moment même où votre bienfait répandait la joie dans mon âme? Le bonheur n'est jamais sans mélange : j'ai perdu Gessner quand vous m'adoptiez. Les félicitations de mes amis ont été troublées par les plaintes dont retentissent les monts helvétiques, par les regrets de tous les cœurs sensibles, qui redemandent Gessner à ces plaines, à ces vallons qu'il a dépeints tant de fois; à ce printemps qui renait sans lui, et qu'il ne chantera plus. Ah ! quoiqu'il ne fût pas Français, quoiqu'il ne tînt à cette Académie que par ses talens et par ses vertus, qu'il me soit permis, au milieu de vous, de lui offrir mon tribut de respect, d'admiration. Que mes nouveaux bienfaiteurs me pardonnent la reconnaissance, et me laissent jeter de loin quelques fleurs sur le tombeau de mon ami ; sur ce tombeau où la piété filiale, la tendresse paternelle, la discrète amitié, l'amour pur et timide, pleurent ensemble leur poëte, le chantre d'Abel, de Daphnis, le peintre aimable des mœurs antiques. Celui dont les Idylles touchantes laissent toujours au fond de l'âme ou une tendre mélancolie, ou le désir de faire une bonne action, ne peut être étranger pour vous : en quelques lieux que le hasard les ait placés, tous les grands talens, tous les cœurs vertueux sont frères ; ils ressemblent à ces fleurs brillantes qui, dispersées dans tout l'univers, ne forment pourtant qu'une seule famille.

La Réponse de M. Sedaine au Discours de Florian à l'Académie française, nous a paru convenablement placée dans cette édition. Sedaine, relevant le mérite des ouvrages du jeune académicien, n'a été, si l'on peut s'exprimer ainsi, que l'écho de la voix publique ; ainsi il met le lecteur à même de juger du degré de réputation que Florian s'était acquis dès lors dans le monde littéraire.

RÉPONSE

DE M. SEDAINE

AU DISCOURS DE FLORIAN.

RÉPONSE

DE M. SEDAINE

AU DISCOURS DE FLORIAN.

MONSIEUR,

DE toutes les ambitions permises à un homme de lettres, la plus satisfaisante, sans doute, est celle de se faire aimer par le caractère de ses ouvrages.

Mais, quelle que soit l'étendue d'esprit que la nature lui accorde, l'avantage le plus précieux lui manque, s'il ne trouve pas dans son cœur la source inépuisable des sentimens qu'il veut peindre : en vain par ses connaissances littéraires, par l'étude des grands modèles, par l'application assidue et profonde des bons principes ; en vain il s'efforcerait de suppléer à ce charme indéfinissable, qui tire de sa propre émotion les moyens de la communiquer aux autres.

Ce don si rare, Monsieur, forme le caractère distinctif de vos productions, où jamais l'esprit, pour donner de l'éclat au style, n'affaiblit le sentiment. Il frappe avec d'autant plus de force que,

sans s'écarter du fond du sujet, il est presque toujours inattendu; car l'expression en est naïve et
simple.

Cette simplicité d'expression n'exclut jamais,
dans les personnages que vous mettez en scène,
la grandeur et la noblesse, même dans les états
qui pourraient se dispenser d'en montrer. C'est,
je crois, cette vocation naturelle à les représenter
ainsi, qui, dès vos premiers pas dans la carrière
des lettres, vous a déterminé à interroger non les
Muses d'une nation, dont la qualité brillante est
d'être fine et spirituelle, mais les écrits de celle
qui joint à cet avantage des sentimens de grandeur
et de fierté, modérés par ceux de tendresse et de
galanterie, qui ne peuvent exalter la tête qu'en
partant du cœur.

Galatée, ce roman pastoral que vous avez imité
de Cervantes, a d'abord fixé sur vous l'attention
du public. Sans connaître même l'ouvrage origi-
nal, on est convenu qu'il n'était pas possible que
vous n'eussiez rendu à l'auteur espagnol le plus
grand service, en lui prêtant les charmes de notre
langue, soit que vous marchiez sur ses pas, ou que
vous acheviez la carrière qu'il avait tracée.

Ce genre charmant qui, en peignant les mœurs
champêtres si éloignées de la corruption des villes,
nous montre l'homme dans la simplicité des pre-

miers âges, ne peut, sans beaucoup d'art, se faire goûter dans nos climats, au milieu du tumulte de nos cités.

Plusieurs hommes de lettres, distingués par leur esprit, d'Urfé, Segrais, Fontenelle, ont eu dans ce genre un succès mérité ; mais ils sont restés inconnus aux classes inférieures de la société. Elles ne pouvaient avoir l'idée de cette jouissance que rien ne trouble en ces régions méridionales, où la nature, favorisant l'indolence, a tout prodigué pour la satisfaire ; et où les âmes, plus disposées à la tendresse, ne connaissent de besoins réels que ceux du cœur.

Vous avez, Monsieur, vaincu pour nous la difficulté d'attacher par ces tableaux : aussi, plus heureux que ceux qui vous ont précédé, votre ouvrage s'est fait lire dans toutes les classes de la société. Il est vrai, et ma remarque ne diminuera point le mérite de vos écrits, il est vrai que le goût de la lecture, excité par la curiosité des papiers publics, est devenu plus commun ; il s'est propagé dans tous les rangs ; et les connaissances importantes, dont la multitude même commence à se pénétrer, ont contribué à son plaisir et à votre gloire.

C'est en intéressant la sensibilité de vos lecteurs, que vous avez captivé leur suffrage. Ce moyen est tellement le vôtre, cette qualité précieuse est tellement inhérente en vous, que vous en avez mis l'empreinte sur des genres qui n'en paraissaient pas susceptibles.

Vous avez hasardé, à l'un de nos théâtres, quelques petites pièces, fruits de vos loisirs et de vos amusemens dans ce genre de drames. Le principal personnage n'avait, jusqu'à vous, été connu que par sa balourdise et ses facéties bergamasques : il devient sous votre plume un être sensible. Bon mari, bon père, bon maître, il force presque l'auditeur au respect par ses vertus naïves ; et par là, vous avez prouvé que nous aimons à rendre hommage à quiconque remplit les devoirs les plus chers à l'humanité, en quelque rang que l'ait jeté le caprice de la fortune, ou le hasard de la naissance.

Il faut convenir cependant que ce tribut d'hommage n'est jamais payé avec plus de satisfaction que lorsqu'il s'adresse aux personnes les plus éminentes. Qui de nous ne l'éprouve ? qui n'aime à changer son respect en vénération, lorsqu'il attache ses regards sur la vie entière d'une grande princesse qui, fille affectionnée, épouse fidèle et mère tendre, a placé ses plus grands plaisirs dans ses devoirs envers son père, son époux, ses enfans ? postérité brillante, dont l'éducation solide promet les mêmes vertus, et de grands hommes à la patrie.

Cette réflexion, Monsieur, née de la vérité plus que de la circonstance, me conduit naturellement à parler d'un de vos ouvrages, important par le fond et par les motifs qui l'ont dicté. Il a fait voir que vos pensées pouvaient s'élever du siége de gazon où vous vous complaisiez à les entretenir, jusqu'aux réflexions sublimes et profondes, dignes du trône et des regards des souverains.

Votre génie, en prenant un vol plus haut, a osé s'emparer des grands noms, et faire parler Zoroastre et Numa.

Votre Numa Pompilius, inspiré par la sagesse sous les traits de l'amour et de la beauté, Numa Pompilius, que vous avez fait passer par l'école austère de l'adversité, par les routes pénibles qui seules mènent à la perfection; Numa s'élève enfin, par le choix des peuples, à l'auguste et suprême magistrature. Sa bonté, sa vigilance, et sa fermeté, en règlent si bien tous les devoirs, qu'en lui les noms de père et de roi n'ont plus que la même acception; ils deviennent synonymes; et, dans le temps où nous vivons, la langue française peut ne leur donner qu'une même signification.

En composant ce roman moral, s'il vous eût été possible, Monsieur, d'effacer les traces sur lesquelles vous avez essayé de marcher, votre sincérité ne vous l'eût pas permis. Vous avez mieux aimé,

fier d'être surpassé par la concurrence, vous livrer au sentiment de respect dont vous êtes pénétré
pour l'illustre auteur du Télémaque, vous soumettre tout entier à sa haute supériorité, mettre
à ses pieds le fruit de vos veilles ; et l'offrande n'a
point déparé l'autel.

Après cet ouvrage, qui exigeait de l'imagination,
de la profondeur, et une connaissance raisonnée
de l'histoire du siècle où vous faites agir votre
héros, vous avez cherché un délassement dans
votre propre domaine ; vous êtes rentré dans vos
foyers, en nous donnant le joli roman d'Estelle.
L'hommage que vous y rendez aux lieux qui vous
ont vu naître, est une nouvelle preuve de cette
sensibilité qui vous caractérise. Les romances que
vous avez eu l'art de joindre à la narration en sus-
pendent agréablement la marche sans interrompre
l'intérêt ; elles n'arrêtent le lecteur que pour lui
présenter, sur sa route, des fleurs qui, pour être
nées dans les campagnes, n'en ont pas moins de
couleurs et de parfums. La muse lyrique a pensé,
avec raison, que ces romances lui appartenaient ;
et elle s'est assurée des bouches de la renommée,
en occupant celles que nous écoutons avec tant
de plaisir.

Peut-être entrerais-je, sur cet ouvrage, en des
détails plus étendus, si je ne craignais que la partie

la plus aimable de cette assemblée n'eût à me re-
procher d'avoir maladroitement passé sous silence
les tableaux, les images et les sentimens qui, dans
cette pastorale, ont affecté son âme par les réflexions les plus tendres, et les émotions les plus
vives. Peut-être aussi qu'en remettant sous les
yeux les sacrifices, le dévouement et la soumission
parfaite des bergers qui y sont mis en scène, je
craindrais qu'elle n'en fît une comparaison peu
favorable à la conduite de la plupart des hommes
dans leurs sentimens passionnés.

Glorieux, avec justice, de son suffrage unanime,
non, Monsieur, vous ne regarderez point votre
entrée à l'Académie comme une retraite honorable,
qu'elle a quelquefois accordée à l'âge et à de longs
travaux, mais plutôt comme un motif de remplir
l'espérance que vos ouvrages ont déjà donnée.

Si vous n'étiez pas convaincu que vous devez aux
lettres tous les momens que vous pouvez leur consacrer, vous n'en auriez pas, en présence de cette
assemblée respectable, pris l'engagement authentique avec tout l'élan d'une âme qui brûle du désir
de bien faire.

Ainsi vous avez levé tous les doutes sur le besoin
d'être excité; et si je m'étais permis d'en avoir le
soupçon, je vous aurais dit : Suivez les exemples
qui s'offrent à vos regards dans la compagnie qui

vous associe à sa gloire; imitez cet homme de lettres que la nation regrette encore, l'auteur sublime des éloges des d'Aguesseau et des Descartes; voyez, vous dirais-je, l'auteur de Warwick, cet académicien que tant de travaux ont fait choisir si justement pour être l'un des organes de ce Lycée où, sous les auspices d'un grand prince, les inspirés du dieu des sciences et du goût font entendre leurs voix; prenez, aurais-je ajouté, prenez pour exemple cet académicien qui, jeune encore, osa se mesurer avec un immortel, avec le plus grand poëte du siècle d'Auguste, et qui, pour l'honneur de sa nation, ne craignit point de se charger d'une rivalité dangereuse, et de lutter avec les expressions d'une langue claire, il est vrai, mais peut-être un peu sourde et prolixe, contre la riche prosodie et l'énergique précision de la langue latine.

Ces trois athlètes, Monsieur, se sont, ainsi que vous, présentés aux portes de l'Académie, le front ceint des couronnes qu'ils y avaient remportées; ils y ont été admis comme vous dans un âge peu avancé; mais ils n'ont considéré l'honneur qu'ils recevaient que comme une obligation de rentrer dans la lice, et comme la barrière de laquelle ils devaient s'élancer pour prendre une course plus soutenue et plus rapide, et prétendre à de nouveaux lauriers.

PIÈCE ACADÉMIQUE.

—

ÉLOGE

DE LOUIS DOUZE,

ROI DE FRANCE,

SURNOMMÉ PÈRE DU PEUPLE.

Nec magis sine illo nos esse felices quam ille sine nobis potuit.

PLINE, *Panég. de Trajan.*

AVANT-PROPOS.

CET ouvrage fut envoyé au concours de l'Académie française en 1785. Le prix ne fut point donné. L'Académie, en m'honorant d'une mention, blâma la forme que j'avais adoptée. Je respectai d'autant plus cet arrêt, que mes juges avaient daigné quelquefois être plus indulgens pour moi. Cette indulgence m'avait encouragé; leur sévérité m'éclairait : toutes deux étaient des bienfaits.

Ce qu'il y avait de plus malheureux pour moi, c'est que ce n'était pas faute de réflexions que j'avais choisi cette forme que l'on me reprochait. J'avais lu bien attentivement toutes les histoires de Louis XII ; et je m'étais dit, après les avoir lues : « Quatre choses doivent faire le fond de l'é-« loge de Louis XII : sa clémence envers ceux qui « avaient été ses ennemis ; sa législation, qui ren-« dit la France heureuse malgré les revers qu'il « éprouva ; sa bravoure et ses talens guerriers, qui « étaient le premier mérite de son siècle ; et l'a-« mour extrême qu'il sut inspirer à son peuple. « Mais, en admirant, en adorant ces qualités, je ne

« dois point passer sous silence ses fautes en poli-
« tique, comme le traité de Blois, la ligue de Cam-
« brai, etc., qui firent de son règne une longue
« chaîne d'infortunes ; ni les erreurs de sa jeu-
« nesse, comme sa révolte contre Charles VIII, et
« son divorce avec sa première épouse, qui tachè-
« rent presque toute sa vie. Il faut donc louer ses
« vertus sans déguiser ses défauts, et me montrer
« à la fois historien et panégyriste.»

Une fois ce plan bien ou mal conçu, je crus ne
pouvoir mieux faire louer sa clémence que par la
Trémouille, qui l'avait éprouvée ; sa législation,
que par son garde des sceaux Poncher ; sa valeur,
que par Bayard ; et j'osai conduire son peuple jusqu'à son lit de mort, pour donner une image forte
et touchante de l'amour si tendre et si vrai que ce
peuple portait à son roi. Quant aux fautes de mon
héros, je voulus, pour les affaiblir, en mettre l'a-
veu dans sa propre bouche ; je voulus qu'il s'en
accusât lui-même, afin qu'on les excusât davantage ; et je pensai que le moyen de rendre ses erreurs pardonnables, était qu'il ne voulût pas se les
pardonner.

Je me suis trompé, sans doute ; j'ai mal loué
Louis XII : mais enfin j'ai parlé de lui ; et son nom
seul doit rendre mon ouvrage intéressant pour
tout lecteur sensible et Français.

ÉLOGE

DE LOUIS DOUZE,

PÈRE DU PEUPLE.

———

Louis XII, après dix-sept ans de règne, au moment où son hymen avec Marie d'Angleterre lui donnait un allié puissant, et déconcertait les mesures de ses ennemis, Louis XII fut atteint de la maladie dont il mourut. Il n'avait que cinquante-trois ans; mais ses campagnes, et surtout le chagrin, l'avaient plus vieilli que son âge. Né avec un cœur tendre, que le malheur n'avait pas endurci, veuf d'Anne de Bretagne, qu'il avait adorée, il s'enflamma trop aisément pour une épouse jeune et belle. Cet amour lui coûta la vie, et à la France sa félicité.

Les prières, les larmes de tout un peuple, ne purent sauver Louis. Il sentit approcher sa dernière heure, et voulut encore qu'elle fût utile. Il fit appeler le jeune François, son gendre et son successeur; et ne retenant avec lui que le brave la Trémouille, le garde des sceaux Poncher, et

Bayard, le *Chevalier sans reproche*, Louis XII dit
ces paroles à l'héritier de son trône.

Mon fils, vous allez régner à ma place : je n'ai
qu'un désir et qu'un espoir, c'est que vous régniez
mieux que moi. La flatterie, qui poursuit les rois
jusque dans le tombeau, pourrait vous déguiser
mes fautes; je veux moi-même vous les révéler :
et si l'aveu que je vais en faire, si les piéges où je
suis tombé, les imprudences que j'ai commises,
les maux que je me suis attirés, peuvent vous en
éviter de semblables, je ne me plaindrai point d'a-
voir souffert pour vous instruire, et d'avoir acheté
de mon infortune le bonheur dont vous ferez jouir
les Français... Les Français ! je sens qu'à ce nom
je retrouve un peu de force, et que le plaisir de
parler d'un peuple que j'ai tant aimé va soutenir
ma voix défaillante.

A ces mots, le jeune Valois, Poncher, la Trémouille, Bayard, laissent éclater leurs sanglots.
Séchez vos pleurs, leur dit le monarque; les momens sont chers, ne les perdons pas. Je vais mourir, mais mon peuple reste; c'est de lui et non pas
de moi qu'il faut s'occuper.

J'étais moins jeune que vous ne l'êtes, mon fils,
quand Charles VIII me laissa le trône; j'avais déjà
trente-six ans. Cet âge devait être celui de la prudence : mais j'avais mal employé ma jeunesse; et

qui ne réfléchit pas de bonne heure vieillit presque toujours sans fruit. Privé de mon père dès le
berceau, mis sous la tutelle d'une mère que j'aimais tendrement, mais que je craignais peu, je ne
répondis pas aux soins qu'elle prit de mon éducation. Je n'eus de goût, je ne montrai d'ardeur que
pour les exercices du corps : je méprisai les lettres,
qui m'ont depuis consolé. Je crus que le premier
mérite d'un prince du sang français était d'être un
bon chevalier, et j'oubliai que le premier devoir
d'un homme né pour commander à d'autres hommes, c'est dêtre plus instruit que ceux qu'il doit
conduire.

Voilà, mon fils, voilà la source des erreurs de
ma jeunesse, et peut-être des fautes de ma vie.
Mon éloignement pour l'étude rendit mes passions
plus fougueuses ; je m'y livrai avec transport. Je
n'avais point d'amis ; j'étais prince : mes flatteurs
achevèrent de m'égarer. Je me déclarai hautement
contre madame de Beaujeu, la fille et la sœur de
mes maîtres, à qui Louis XI avait donné la ré-
gence, et qui la méritait par ses qualités. En vain
le prudent Louis XI m'avait fait jurer solennellement de ne pas troubler ses dernières dispositions
pour la minorité de son fils ; je fus parjure à
Louis XI ; je tentai de soulever Paris ; j'excitai
Maximilien à rompre la paix ; je pris moi-même

les armes contre mon roi; et tandis que je ne pouvais gouverner mon imprudente jeunesse, j'allumai la guerre civile en prétendant gouverner la France.

J'en fus puni. Pris à la bataille de Saint-Aubin, par ce même la Trémouille que vous voyez ici présent, et qui depuis m'a si bien servi, j'expiai par une longue et dure captivité le crime de m'être armé contre mon souverain. Je n'obtins ma liberté que pour faire un plus grand sacrifice. J'adorais Anne de Bretagne, j'en étais aimé : il fallut consentir, il fallut contribuer moi-même à son hymen avec Charles VIII. Ainsi (et puissent tous les princes de la terre avoir sans cesse mon exemple devant les yeux !) pour avoir été rebelle, pour avoir oublié mon devoir, je fus vaincu, captif, et forcé de livrer ma maitresse à mon rival.

La mort de Charles VIII me laissa le trône ; et cette époque... Est celle de votre gloire, interrompt la Trémouille avec transport. Après n'avoir été qu'un prince ordinaire, vous fûtes le meilleur des rois. Le ciel, qui vous donna les mêmes vertus qu'à Titus, prit plaisir à multiplier vos traits de ressemblance avec ce modèle des souverains. La jeunesse de Titus, nourrie et corrompue à la cour de Néron, ne promettait pas les doux fruits que porta sa maturité ; la vôtre, élevée à la cour de Louis XI, ne vous annonçait pas tel que nous vous

avons vu. Titus , vaillant , sensible , économe ;
Titus , les délices du genre humain , ne put cependant éviter les fléaux qui désolèrent l'Italie. Vous,
aussi brave que Titus , aussi tendre , aussi avare
d'impôts , vous , le père du peuple français , vous
n'avez pu détourner les malheurs arrivés sous votre
règne. Titus ne perdit qu'un seul jour ; mais je
doute qu'il en ait vu briller un plus beau que celui
où l'on vous présenta la liste des officiers dont il
fallait renouveler les provisions. La plupart avaient
été vos ennemis , quelques-uns vos persécuteurs :
vous marquâtes leur nom d'une croix , et ils trem-
blèrent tous. Ils crurent voir le sceau de votre vengeance : moi-même , qui avais combattu contre
vous , moi qui vous avais pris les armes à la main,
et qui avais causé tous vos malheurs , j'attendais
en silence mon arrêt : *Ne craignez rien,* nous dites-
vous en souriant ; *cette croix , symbole du pardon
que Dieu accorda aux hommes, vous annonce le
pardon que vous accorde mon cœur. Et quant à
vous , la Trémouille, qui servîtes si bien votre
maître contre moi, vous me servirez de même contre ceux qui voudraient troubler l'état* : *soyons
amis ; un roi de France ne venge point les querelles d'un duc d'Orléans.*

Ah ! sire , ces paroles retentissent encore au
fond de mon cœur ; toute la France les répéta ; elles

le seront d'âge en âge ; et nos derniers neveux ne
les entendront jamais sans attendrissement. Ils se
rappelleront encore que le fougueux prince d'O-
range , après avoir été votre ami , cessa tout à coup
de vous aimer ; et qu'assiégé dans Novarre avec
vous , il osa nous offenser au point de nous faire
craindre un duel entre vous deux. Vous n'étiez
que prince alors ; à peine fûtes-vous roi , que ,
contre votre principe , vous vengeâtes l'injure du
duc d'Orléans : vous la vengeâtes en rendant au
prince d'Orange sa souveraineté , dont Louis XI
avait dépouillé son père. Ce fut en vain que votre
parlement de Dauphiné voulut faire valoir vos anciens titres sur Orange : c'est le seul jugement peut-
être que vous ayez rendu avec partialité ; sans
examiner vos droits , vous vous condamnâtes.

Non content de pardonner à ceux dont vous
aviez à vous plaindre , vous pardonnâtes à ceux
même qui auraient pu se plaindre de vous : effort
plus pénible et plus beau dans un roi ! Madame de
Beaujeu et sa famille ont été comblées de vos bienfaits [1] : votre vieille haine pour elle devint pour

[1] Monsieur et madame de Beaujeu n'avaient qu'une fille
unique, Suzanne de Bourbon ; et le duché de Bourbon , les
comtés de Clermont et de la Marche , devaient revenir à la
couronne , en cas qu'ils n'eussent point d'enfans mâles : c'était
une des conditions de leur contrat de mariage. Louis dérogea

vous une raison de ne lui rien refuser. Ainsi vous
sûtes tourner au profit de votre vertu les erreurs
de votre jeunesse ; et tout ce qui aurait pu tacher
l'histoire de votre vie devint pour vous une occasion
de gloire.

Ah ! s'écria Louis , ces traits ordinaires de justice ne réparent point à mes yeux l'action qui ternit les premiers instans de mon règne. Je fus clément pour mes ennemis, et cruel pour ma première
épouse. Je pleure encore sur le sort de cette fille de
Louis XI , de cette malheureuse Jeanne , à qui le
ciel donna tant de vertus pour la consoler des attraits que lui refusa la nature. A peine uni avec
elle, je l'accablai de mes froideurs. Sa douceur , sa
patience , son amour même , n'en furent point affaiblis. Loin de se plaindre elle cachait ses affronts,
elle excusait toutes mes fautes ; et n'employant que
pour moi seul le crédit qu'elle avait sur le roi son
frère , elle parvint à lui faire oublier ma révolte , et
à ouvrir ma prison. Mon ingratitude ne la rebuta
jamais. Au moindre succès je m'éloignais d'elle ,
au moindre revers elle revenait à moi. Plus heureuse de me servir, que si je l'avais servie , elle me

à cette clause , et conserva à Suzanne cet immense héritage,
en la mariant à Charles de Bourbon Montpensier , son cousin
germain. C'est pour avoir voulu révoquer ce don que François Ier s'attira tant de malheurs.

combla toujours de bienfaits , et eut toujours avec
moi l'air de la reconnaissance. Hélas ! pour prix
de tant d'amour , je demandai notre divorce. En
rassemblant tous les griefs que j'avais contre mon
épouse , je ne pus lui faire d'autre reproche que de
manquer de beauté. J'osai, j'osai m'en prévaloir ,
et soutenir devant mes juges , que , forcé par
Louis XI de devenir l'époux de sa fille, je ne l'avais
été que de nom. Qu'il le jure, répondit la modeste
Jeanne , je m'en remets à son serment ¹ . Amis ,

---

¹ Les commissaires poussèrent l'indécence jusqu'à demander la visite et le témoignage des sages-femmes , pour certifier
si le mariage avait été consommé. Jeanne rejeta cette proposition avec l'indignation et la hauteur qui lui convenaient. Elle
pria les commissaires d'interroger le roi lui-même, et de prononcer la sentence sur ses réponses. Louis XII ne se soumit
qu'avec beaucoup de répugnance à cet interrogatoire ; mais
enfin il s'y soumit, et jura n'avoir jamais connu la reine, quoiqu'il fût certain et prouvé qu'ils n'avaient eu le plus souvent
qu'une même table et un même lit : le mariage fut déclaré nul.
Toutes les réponses de Jeanne à ses juges , avant qu'elle s'en
remît au serment du roi , sont nobles et touchantes ; les voici
mot à mot : « Messeigneurs, je suis femme, ne me connais en
« procès, et sur toutes autres affaires me déplaît l'affaire de
« présent : je vous prie me supporter, si je dis ou réponds
« chose qui ne soit convenable. Je sais que je ne suis si belle
« ni si bien faite que la plupart des femmes, mais je n'eusse
« pourtant jamais pensé que de cette manière eût pu venir au-
« cun procès entre monseigneur le roi et moi; je ne le soutiens
« qu'à grand regret, pour la décharge de ma conscience, et

je le fis cet affreux serment ; je trahis la vérité. Les nœuds de notre hymen furent brisés, et Jeanne ne se plaignit pas. Retirée loin de la cour, elle alla finir dans les larmes et dans la piété des jours que j'avais remplis d'amertume. J'épousai mon ancienne amante, et Jeanne mourut en me pardonnant. Mais ni mon peuple ni mon cœur ne me pardonnèrent comme elle : dans toute la France il s'éleva de justes murmures, et mon bonheur fut troublé par le remords dévorant.

Sire, lui dit alors le garde des sceaux, votre sensibilité vous exagère vos torts. Jeanne fut vertueuse sans doute, et nous devons tous des larmes à ses malheurs : mais Jeanne elle-même n'avait pas l'espoir de vous donner un héritier ; et il était important, pour le repos du royaume, que Louis XII devînt père. Un intérêt plus grand encore semblait prescrire ce divorce. La veuve de Charles VIII, Anne de Bretagne, rentrait, à la mort de son époux, en possession de ce beau duché. Un second hymen, avec tout autre prince que vous, donnait la Bretagne à vos ennemis, et rendait à jamais impossible sa réunion à la couronne. Tous

« sans cela, ne le ferais pour tous les biens et honneurs du « monde : et je supplie monseigneur le roi, dont je désire faire « le plaisir, ma conscience gardée, de n'être mécontent de « moi. » (*Procès manuscrit du divorce.*)

les bons citoyens se souvenaient que la France avait
été sur le point de périr, parce qu'Éléonore de
Guienne, après avoir été notre reine, alla donner
ses provinces à un souverain d'Angleterre, et lui
fournit ainsi le prétexte et les moyens d'ébranler
le trône de nos rois. Sire, cet exemple devait faire
trembler. Le bien de l'état, raison sans réplique,
exigeait que Louis XII s'unît à la veuve de Charles VIII. Le parjure qui brisa vos premiers nœuds
fut un crime sans doute : mais ce crime ne fut que
pour vous seul ; il devint un bienfait pour vos
sujets, à qui vous épargnâtes des guerres civiles ;
et lorsque votre cœur vous le reproche, la patrie
vous en absout.

Le peuple murmura, dites-vous : dites aussi
comment vous punîtes ces murmures. Vous dimi-
nuâtes les impôts [1] ; vous refusâtes les subsides que
les états, assemblés à Tours, avaient eux-mêmes
réglés pour le sacre de nos rois ; et, non content
de ces bienfaits, vous prîtes l'engagement, que
vous avez tenu depuis, de réduire vos revenus à
la somme volontairement offerte par ces mêmes
états à Charles VIII. Vous fîtes plus ; et la France
vous est redevable du plus beau, du plus utile des
réglemens. Avant vous, les gens de guerre, aussi

[1] Édit. de 1499.

redoutables aux citoyens qu'aux ennemis, pillaient, désolaient les campagnes, se payaient par leurs propres mains, et comptaient au rang de leurs priviléges la rapine et le brigandage : vous, le plus vaillant de nos Trois, vous, dont l'enfance et la jeunesse furent nourries dans les camps, à peine fûtes-vous sur le trône, que vous ne songeâtes qu'à protéger les laboureurs contre les soldats. Vous ne vous bornâtes point à de simples ordres, qui n'ont d'effet qu'un moment, et sont bientôt oubliés et des sujets et du maître ; vous rendîtes stable à jamais le bien que vous faisiez à la France. Vos premiers édits assignèrent des fonds permanens destinés à payer vos troupes. Certaines désormais de recevoir leur salaire à l'instant où il était dû, elles n'eurent plus de prétexte pour rançonner vos sujets. Votre cœur trouvait encore ces règlemens insuffisans ; et je me plais à rappeler devant votre successeur toutes les précautions que vous suggéra votre tendresse pour vos peuples. Vous enjoignîtes à vos gens d'armes de prendre toujours leurs quartiers dans des villes murées ; vous leur défendîtes d'approcher des villages, de s'écarter jamais dans les campagnes, et vous rendîtes leurs chefs responsables des désordres qui seraient commis. Par ces moyens si simples, si faciles, le laboureur, jadis dépouillé par ceux qu'il payait

pour le défendre, recueillit en paix ses moissons.
Il bénit le nom d'un roi qui veillait sur sa chau-
mière. Il vous donna de bon cœur le tribut qu'autrefois il fallait lui arracher ; et les larmes amères
que faisaient couler les impôts furent changées en
des larmes de reconnaissance et de joie. Vos guerriers eux-mêmes y gagnèrent. Forcés de remplir
tous les devoirs de défenseurs de la patrie, ils oublièrent à la fin cette indigne rapine qui désho-
norait leur bravoure : grâce à vous, ils atteignirent
à toute la hauteur de leur noble emploi ; et la
valeur, qui jusque-là avait été leur seule vertu, devint la compagne d'une vertu plus belle, l'humanité.

Ici Louis XII voulut interrompre le garde des
sceaux, et l'empêcher de poursuivre; mais Poncher continuant d'une voix ferme : Sire, lui dit-il,
je ne vous ai jamais flatté pendant votre vie, souffrez aujourd'hui mes louanges pour apprendre à
ce jeune prince à mériter d'être loué. Souffrez que
je lui prouve, par votre exemple, que la source de
toutes les vertus dans un roi n'est autre chose que
l'amour de son peuple. C'est cet amour qui fit
naître en vous une qualité peu brillante, mais
peut-être la plus nécessaire au bonheur public;
je veux parler de cette sage économie qui, au milieu des guerres les plus désastreuses, vous sauva
toujours du malheur d'augmenter les impôts. Vai-

nement vos ennemis, et quelques-uns de vos courtisans, cherchèrent à jeter du ridicule sur une
vertu qui faisait la félicité de vos peuples ; vainement ils poussèrent l'insolence jusqu'à jouer sur
le théâtre ce qu'ils appelaient votre avarice : vous,
plus occupé de rendre heureux ceux qui vous rail-
laient, que de punir leurs railleries, vous répondîtes
avec douceur : *Laissons-les se divertir*; *ils peuvent*
nous apprendre des vérités utiles. D'ailleurs j'ai-
me beaucoup mieux faire rire mes courtisans de
mon avarice, que de faire pleurer mon peuple de
ma prodigalité.

Cette même économie qui fermait toujours vos
trésors aux demandes de la cupidité, les ouvrait
avec joie pour tous les établissemens utiles. Vous
ne ménageâtes rien pour procurer à vos sujets une
justice plus facile et plus prompte, et vous atta-
quâtes le mal dans sa source, en réduisant le
nombre de ces sangsues publiques dont la vue
seule vous causait un mouvement de colère. Le
grand conseil obtint par vous une forme meilleure
et plus stable. En confirmant aux tribunaux le
droit d'élire leurs membres, vous prîtes toutes les
mesures que la sagesse humaine peut inventer,
pour que le choix des électeurs tombât toujours
sur le plus digne. Non-seulement vous exigeâtes
des vertus dans ceux qui devaient punir les vices,

mais vous ordonnâtes que tous vos baillis, tous vos
sénéchaux, fussent gradués ; et pour vous assurer
davantage de leurs qualités et de leurs lumières,
vous voulûtes que vos magistrats répondissent les
uns des autres. Souvenez-vous de cette ordon-
nance qui n'a pu être conçue que par un roi dévoré
de l'amour de l'ordre ; de cet édit qui enjoint à vos
présidens *de s'assembler tous les quinze jours,
ou au plus tard tous les mois, pour informer sur
la conduite de ceux des conseillers qui ne rempli-
raient pas leurs fonctions avec le zèle, avec l'honneur, avec la gravité qu'elles exigent.* Vous vous
faisiez rendre compte de ces assemblées ; et, jugeant
vous-même ceux commis par vous pour juger les
autres, vous connaissiez dans quelles mains vous
aviez remis votre balance et votre glaive, et sur
qui vous vous reposiez de la plus noble fonction
des rois. Ainsi, corrigeant les abus qui dégradaient
la magistrature, vous lui rendîtes en un moment
sa véritable dignité ; et vous fîtes le premier comprendre à votre fière noblesse que tout l'honneur
n'était pas dans l'art de tuer les hommes, et qu'elle
pouvait, sans déroger, défendre la veuve et l'or-
phelin.

Avant vous, deux grandes provinces, la Nor-
mandie et la Provence, n'avaient de juges que
pendant quelques semaines ; et ces tribunaux mo-

mentanés manquaient souvent de lumières, et presque toujours de temps. Vous leur donnâtes des parlemens fixes : et avant de les ériger, vous prîtes soin de consulter les états des deux provinces ; car, même pour rendre plus heureux vos peuples, vous avez toujours respecté leur priviléges : crainte salutaire, qui retarde quelquefois le bien, mais qui rend le mal impossible ! Enfin, vous avez couronné tant d'utiles établissemens par cet édit mémorable où vous ordonnez *de suivre toujours la loi, malgré les ordres contraires à la loi, que l'importunité pourrait arracher au monarque* [1] : maxime admirable, et si digne du bon roi qui, en réprimant les gens de guerre, en éclairant les magistrats, en établissant des tribunaux, assura pour jamais à des millions d'hommes les deux premiers biens de la vie, la justice et le repos !

Plût à Dieu, s'écria le roi, que j'eusse chéri davantage ce repos, sans lequel il n'est point de bonheur ! Plût à Dieu que, renonçant à des provinces qui m'appartenaient sans doute, mais qui étaient trop loin de moi, je me fusse contenté du vaste royaume que le ciel m'avait donné ! La France devait me suffire. Tant qu'elle renfermait un seul malheureux, il était plus pressant de le soulager

[1] Édit de 1499.

que d'aller conquérir d'autres pays. L'exemple de
Charles VIII aurait dû m'instruire. Ses succès en
Italie, sa marche triomphale jusqu'à Naples, sa
victoire de Fornoue, ne lui produisirent d'autre
fruit que la perte de son armée, l'épuisement de
ses finances, et le renom d'un brave imprudent.
J'avais condamné son erreur; et moi, plus âgé
que lui, moi qui sentais que la vraie gloire consiste
à rendre ses peuples heureux, j'abandonnai cette
gloire si belle pour aller chercher les combats.
Je préférai la conquête incertaine du Milanais et
du royaume de Naples à la conquête sûre et facile
des cœurs de tous mes sujets. Je ne voulus pas,
pour cette entreprise, établir de nouveaux impôts;
mais j'introduisis la vénalité dans les charges de
finance, et je rendis possible, par cet abus, une vénalité plus importante. Ah ! mon fils, ne m'imite
pas. Respecte du moins la magistrature : ne souffre pas qu'on l'avilisse en la mettant à prix d'argent; et souviens-toi que, pour interpréter les
lois, un sens droit et un cœur sensible sont plus
nécessaires que les richesses.

Cette vénalité des charges répugnait à mon
cœur et à ma raison; mais j'eus la faiblesse de céder au besoin des ressources, au désir violent de
conquérir mon héritage, à l'ascendant qu'avait sur
moi ce digne ami, ce sage ministre qui m'aimait

avant que je fusse roi, et qui aima mon peuple pour me plaire. D'Amboise, toi que j'ai tant pleuré, toi dont la France chérira toujours la mémoire, tu m'as fait commettre des fautes ; tu signas le traité de Blois qui assurait à l'empereur la plus belle moitié du royaume ; tu te laissas tromper souvent, et tu fus un moment enivré de l'espoir de porter la tiare : mais c'était ton amour pour moi qui seul causait tes erreurs. Tu désiras d'être pape, parce que le pape pouvait m'être utile ; et si tu oublias quelquefois la prudence, jamais tu n'oublias ni l'honneur ni l'amitié. Va, contente-toi de ce partage ; laisse à d'autres ministres, dont la mémoire est détestée, le triste avantage d'avoir trompé tant de princes, et d'avoir subjugué le leur: tu ne trompas personne; tu chéris ton roi, et rendis mes sujets heureux. Qu'importe que l'on t'admire moins, si l'on t'a béni davantage?

D'Amboise fut ébloui comme moi de la conquête du Milanais : nous ne rougîmes pas tous deux, car nos cœurs régnaient ensemble, nous ne rougîmes pas d'allier mon nom à celui de César Borgia, de cet exécrable fils du plus exécrable des hommes. Regarde, Valois, regarde jusqu'où peut aller l'aveuglement des conquêtes ! moi, plus chevalier que roi, moi qui aurais préféré de mourir plutôt que de manquer à l'honneur, je reçus

dans ma cour, je comblai de mes bienfaits le fils
d'Alexandre VI ; mes Français, mes braves Français marchèrent sous ses drapeaux ; et Louis XII
fut l'allié de ce pape qui souilla la chaire de saint
Pierre par des crimes inconnus jusqu'à lui, dont
les moindres forfaits furent des assassinats, dont
l'empoisonnement fit les délices, qui laissa loin
derrière lui les monstres de l'ancienne Rome, et
qui prouva sans doute mieux que les saints mêmes la divinité de notre religion, puisque les hommes sont restés chrétiens sous un tel chef de l'é-
glise.

Le juste ciel me punit de cette coupable alliance :
vainement je m'emparai du Milanais ; vainement
le traitre Ludovic, réduit à fuir devant moi, me
fut livré par ces mêmes Suisses qui depuis... Ils
étaient fidèles alors. Je sentis que ma conquête allait m'échapper ; et j'achevai ma ruine en voulant
la prévenir, en partageant le royaume de Naples
avec ce roi d'Aragon , ce Ferdinand surnommé *le
Catholique* par ses flatteurs, et *le Perfide* par ses
alliés ; ce roi dont la politique comptait pour rien
les sermens, dont l'unique règle fut son intérêt,
et qui se vanta bassement de m'avoir trompé dix
fois, quand ma crédule amitié ne lui reprochait que
deux parjures [1]. Tel fut l'ami que j'allai choisir

[1] Quand l'ambassadeur de Ferdinand lui rapporta que

pour lui donner la moitié de ce beau royaume de
Naples, toujours conquis et toujours perdu par les
Français. Les trahisons, les perfidies de Ferdinand,
soutenues par les talens de Gonsalve, le grand capitaine, m'eurent bientôt enlevé la moitié que je m'é-
tais réservée ; et, tandis que César Borgia employait
mes troupes à déposséder les voisins de Rome, à
réduire par mes armes ceux qui étaient à l'abri de
ses poisons, le pontife son père vendait mes intérêts à l'Espagne, soulevait contre moi les Suisses,
et excitait à m'attaquer et Venise et l'empereur.
Ainsi, également trompé par mes ennemis et par
mes alliés, seul, en butte aux perfidies de Ferdinand, du pape, de son fils, et de tous les princes
d'Italie que j'avais ou secourus ou soumis, je vis
détruire mes armées, et perdis toutes mes conquêtes. Juste châtiment de mon alliance avec des
monstres ; car je n'ai jamais douté, mon fils, que
le ciel n'ait voulu m'en punir : le ciel était irrité
sans doute, puisque nous fûmes toujours défaits,
et que Bayard combattait pour nous.

 Oui, sire, s'écria le bon chevalier, nous fûmes

Louis XII se plaignait d'avoir été trompé deux fois par lui,
Ferdinand répondit : « Il en a bien menti, l'ivrogne, je l'ai
trompé plus de dix. » C'est sans doute pour punir Ferdinand
de ses perfidies que l'histoire a conservé ce mot grossier.

battus à Seminara, à Cérignole, au Garillan :
d'Aubigny, Nemours, la Palisse, Louis d'Ars et
moi, nous n'avons pu résister à Gonzalve ; et l'art
funeste des mines, inventé par Pierre Navarre,
nous enleva les châteaux de Naples : mais nous
fûmes toujours vainqueurs quand vous nous avez
commandés. Rappelez-vous, sire, votre descente en
Italie[1] quand vous vîntes venger nos affronts , les
Génois forcés dans leurs montagnes escarpées, les
rebelles dissipés en un moment, Gênes prise , et
notre vaillant roi faisant son entrée triomphale à la
tête de son armée. Je vous vois encore, sire, affecter dans vos regards une sévérité qui n'était pas
dans votre cœur. Ce peuple tant de fois coupable,
ce peuple qui s'était porté contre les Français à des
horreurs qui font frémir la nature[2], attendait son

---

[1] Année 1507.

[2] Les Génois révoltés allèrent investir une petite forteresse
appelée le Castellaccio, où Renaud de Noailles commandait
avec vingt soldats seulement. Il obtint la liberté d'en sortir
avec les honneurs de la guerre : mais les Génois , violant la
capitulation , fendirent le ventre aux uns, leur arrachèrent
le cœur et les entrailles , se lavèrent les mains dans leur sang ,
taillèrent en morceaux les autres , et firent mourir les femmes
« qui là étaient, de tant cruelle et étrange mort, que l'hor-
« reur du fait défend d'en dire la manière. » : ce sont les
termes de la Chronique ; et voilà le peuple à qui Louis XII
pardonna.

arrêt en tremblant ; il n'osait espérer de grâce , il savait qu'il n'en méritait point : mais c'était Louis qui venait de le vaincre , Louis allait pardonner. Gênes fut sauvée; et ce peuple, rebelle et féroce , éprouva dans le même jour le courage et la clémence de mon roi.

Des ennemis plus redoutables, les Vénitiens, furent bientôt défaits à leur tour. Agnadel ! nom célèbre à jamais par les exploits de mon maître ; Agnadel, c'est dans tes plaines que Louis fut à la fois et général et chevalier ! C'est là que ses conseils éclairèrent la Trémouille, et que sa valeur effaça tout ce que nous étions de braves dans son armée. En vain, sire, vos ennemis, plus nombreux que nous, maîtres des hauteurs, et retranchés derrière un ravin, avaient pour eux l'avantage du poste, et se voyaient commandés par Pétiliane et l'Alviane, les deux plus grands généraux d'Italie. Nous, nous avions notre roi, et ce roi était un héros. Malgré le feu redoublé de l'artillerie, qui emportait des rangs entiers de vos Suisses , vous courûtes à ce ravin, vous le franchîtes à la tête de vos Gascons ; et, vous élançant, l'épée à la main , à travers le carnage et le feu, vous précipitant partout où le péril était le plus grand, attaquant tout ce qui résistait, et employant à la fois pour vaincre et votre tête et votre bras, vous fîtes fuir les enne-

mis et fîtes pâlir vos sujets. Oui, sire, rappelez-vous
que tremblans pour vos jours, et pouvant à peine
vous suivre au milieu des lances vénitiennes, nous
vous suppliâmes de moins exposer votre personne
sacrée : *Ce n'est rien*, nous dîtes-vous, *ceux qui
ont peur n'ont qu'à se mettre à couvert derrière moi.*
O mon maître ! ô mon héros ! j'aimais la gloire sans
doute ; mais combien je l'aimai davantage quand
je vous en vis couvert ! O valeur, que tu es belle ,
surtout dans un roi ! Car, qu'un soldat comme
Bayard, qui n'a de bien que son épée, cherche le
trépas ou l'estime, il remplit son devoir et son sort.
Mais que vous, roi de la France, amant d'une
épouse qui vous adore, père d'une fille chérie,
maître de passer vos jours dans les tendres soins,
dans les douces jouissances d'un époux, d'un père,
d'un monarque heureux ; que vous, à la fleur de
l'âge, vous quittiez vos états, votre palais, tout ce
qui vous est cher, pour aller coucher sur la terre,
pour aller donner à vos guerriers l'exemple de la
tempérance, et pour les devancer tous quand il
faut affronter la mort : voilà, voilà le comble de
l'héroïsme, et c'est avec respect et justice que
Bayard vous cède la palme de la valeur.

En disant ces mots, Bayard met un genou à
terre, et baise la main du roi. Bon chevalier, lui
dit le monarque, grâce au ciel, je fus toujours in-

sensible aux flatteries de mes courtisans ; mais quand Bayard loue mon courage, je ne puis me défendre d'un mouvement d'orgueil. Oui, mon brave ami, mon compagnon d'armes, mon cœur éprouve une douce joie, quand tu dis qu'il ressemble au tien. Mais cesse d'exagérer le mérite de cette valeur héréditaire aux princes français ; elle leur fut souvent funeste. Le brave Jean perdit la France, l'intrépide Saint-Louis pensa la perdre : tous deux acquirent de la gloire dans les combats ; mais leurs exploits leur valurent des fers. Combien en coûta-t-il pour les briser ! Puisse mon successeur, aussi vaillant que ces deux héros, se souvenir de tout le sang qu'ils ont fait verser, et des provinces qu'il fallut donner pour leur rançon ! Triste condition des rois, dont les moindres défauts font le malheur de tout un peuple, et dont les vertus mêmes sont quelquefois funestes ! J'ai arrosé de mes pleurs les lauriers cueillis à Agnadel : je détruisais moi-même le seul peuple d'Italie qui devait être mon allié. Quelques légères injures des Vénitiens me firent oublier que mon intérêt et le leur nous prescrivaient de rester unis. Le désir de rabaisser l'orgueil de ces fiers républicains m'empêcha de sentir qu'ils étaient la seule digue que je pouvais opposer à Maximilien, de tout temps mon ennemi ; au perfide Ferdinand, l'usurpateur de

mes états de Naples ; et à ce fameux pape, Jules II,
ce guerrier, père des fidèles, qui fit un casque de
la tiare, et passa au fil de l'épée les chrétiens qu'il
devait bénir. Combien la colère aveugle les rois!
je choisis mes plus cruels ennemis pour me liguer
avec eux dans Cambrai, pour accabler de concert
le seul peuple qui pouvait me défendre. Mes plus
grands, mes plus heureux exploits furent contre
ce peuple : je défis les Vénitiens; et, bientôt
trompé par le pape, trahi par Ferdinand, attaqué
par les Suisses, que mes alliés firent soulever, tout
le fruit de cette fameuse ligue de Cambrai fut d'a-
voir à combattre tous ceux pour qui j'avais combattu. Et toi, dont le souvenir m'arrache encore
des larmes, toi l'honneur de ma maison, le héros,
l'espoir des Français, jeune grand homme, qui
n'eus besoin que de peu d'années pour acquérir
autant de gloire que les plus vieux et les plus illustres généraux, ô Gaston de Foix, que n'ai-je pu
payer de tous mes états d'Italie tes jours moissonnés
à Ravenne ! Que n'ai-je pu du moins combattre à
tes côtés, et te défendre, ou mourir! Bologne,
Bresse, Ravenne, théâtres de tes triomphes, ne se
nommeront jamais sans attendrir tous les cœurs
français, et sans arracher de tous les autres des
éloges et des respects.

Malgré les victoires de Gaston, malgré tes exploits, Bayard, nous perdîmes sans retour et Naples et le Milanais ; je vis enlever la Navarre à un prince de mon sang ; les Suisses vinrent assiéger Dijon ; et sans ta valeur, la Trémouille, sans ta sagesse et tes talens, les ennemis pénétraient jusqu'au cœur de la France : tandis que tu défendais la Bourgogne, l'Espagnol attaquait mes frontières, et l'Anglais me prenait mes villes et Bayard. Tout était perdu, tout l'était par ma faute, pour avoir rompu avec les Vénitiens, pour m'être joint à mes ennemis, pour avoir ménagé le pape, et cédé aux faibles terreurs d'Anne de Bretagne, mon épouse, dont la piété mal éclairée voyait toujours le successeur de saint Pierre dans un pape allié des Turcs, et me forçait à des égards envers un pontife qui détruisait mes armées, et mettait mon royaume en interdit. Je ne sentais que trop l'empire de mon épouse, et je sentais qu'elle en abusait ; mais je l'aimais, et j'en étais aimée : mon cœur fut toujours la cause de toutes les fautes de mon esprit.

J'étais sur le point de tout réparer ; mon hymen avec la sœur de Henri VIII, mon alliance avec l'Angleterre, allaient me venger à la fois de Ferdinand, de Maximilien et du pape : la mort arrête mes projets. C'est à vous, mon fils, à les suivre, ou plutôt à en concevoir de meilleurs. Croyez un roi qui vous aime, qui chérit surtout votre peuple,

et qui va, dans un instant, répondre à Dieu de
tous les malheurs qu'il a causés. C'est au lit de la
mort que l'on voit mieux le néant des conquêtes ;
croyez donc ce que vous dit un roi mourant.

Je vous laisse le plus beau royaume de l'Europe ;
votre peuple, brave, fidèle, industrieux, est doué
par-dessus tous les peuples d'un amour pour ses
rois, qui lui rend tout facile. Je n'ai jamais oublié,
et tous mes successeurs doivent s'en souvenir,
qu'après mes premiers revers en Italie, je demandai des secours à mon peuple : il m'offrit plus
d'argent que je n'en voulais. Ma victoire sur Gênes
rendit cet argent inutile ; je priai mon peuple de
me le garder[1] : et voilà comment il faut traiter
avec lui. Chez toutes les nations du monde, ce sont
les biens qui paient les impôts ; en France, ce sont
les cœurs. Aimez donc ce peuple sensible, qui
souffrira tout sans murmure, s'il est sûr d'être
chéri. J'en suis un exemple, mon fils : je leur ai
fait passer six fois les Alpes ; ils se sont vus, sous

[1] En 1507, Louis XII, ayant calculé que ses revenus et
ses épargnes ne lui suffiraient pas pour l'expédition d'Italie,
demanda à ses principales villes des secours extraordinaires,
et ne se pressa pas de les lever. Il fut vainqueur des Génois
plus tôt qu'il ne l'avait espéré, et il écrivit à ses peuples, en
leur annonçant son succès, « qu'ils n'avaient qu'à garder leur
« argent, qu'il profiterait mieux dans leurs mains que dans ses
« coffres. » (Histoire de Louis XII.)

mon règne, battus en Italie, attaqués en Gascogne,
en Languedoc, en Picardie, en Bourgogne, en
Franche-Comté; mes fautes de politique ont fait
verser des flots de leur sang, et ont épuisé leurs
trésors : ils m'ont tout pardonné, parce qu'ils savaient bien que je pleurais le premier de leurs
maux. O nation aimable et fidèle, dont le premier
besoin est d'aimer tes rois ! Eh ! quelle serait leur
erreur d'aller chercher ailleurs d'autres sujets !
où en trouveraient-ils qui te valussent ?

Mon fils, contentez-vous donc de la France ;
votre partage est assez beau ; mettez votre gloire
à la rendre heureuse, et non pas à l'agrandir : ou
si une noble émulation vous anime, tournez-la du
côté des arts. Eux seuls vous manquent, et voici
le siècle où ils semblent s'élever à leur plus haute
perfection.

Les navigateurs du Portugal ont déjà découvert
un passage aux Indes ; ceux de l'Espagne sont à la
recherche d'un monde nouveau. L'Italie, de tout
temps féconde en grands hommes, rassemble dans
son sein des chefs-d'œuvres de tous les genres.
La cour de Léon X, du successeur de Jules mon
ennemi, devient l'asile des beaux arts : la pein-
ture, la sculpture, la noble et simple architecture
des anciens, la poésie et les belles-lettres, qui
consolent dans l'infortune, qui rendent doux et

modéré dans la prospérité, tout fleurit en Italie.
Voilà ce qu'il faut aller conquérir, et non pas le
Milanais. Oublie de faibles états, plus à charge
qu'utiles à un monarque éloigné. Abandonne des
sujets perfides, qui détestent le joug français, et
qui ont oublié l'art de vaincre pour perfectionner
l'art de trahir. Tes terres valent mieux que les
leurs, tes sujets sont plus braves et plus fidèles. Il
ne manque au Français que des lumières, pour
être le premier des peuples. C'est le seul avantage
que l'Italie ait sur nous. J'ai vu dans nos guerres
du Milanais, quand nous étions vainqueurs de nos
ennemis, observateurs religieux des traités, pro-
tecteurs des faibles et l'effroi des méchans ; j'ai vu
la cour d'Alexandre VI, où chaque jour était
marqué par des empoisonnemens, traiter les Français de barbares : et cet orgueil n'était fondé que
sur les beaux arts qu'elle avait de plus que nous.
Va donc les enlever à l'Italie, transporte-les dans
notre France : ton peuple, spirituel autant que
sensible, surpassera bientôt ses maîtres. Paris de-
viendra, je l'espère, l'asile de tous les arts, le
temple de tous les talens, le centre de la politesse,
et l'école du monde entier. O heureux temps, dont
je jouis en espérance, où, laissant à la faible Italie
les états que j'ai tant souhaités, nous aurons
conquis ce qui fait sa gloire, et où le siècle

d'un roi de mon sang effacera le siècle des Médicis!

Voilà mes vœux, mon cher fils : c'est à toi de les remplir, ou du moins de tout préparer pour leur entier accomplissement. Mais que l'amour même des arts, si préférable à l'amour des conquêtes, ne te fasse pas oublier ton peuple. Demeure dans l'ignorance, plutôt que d'acheter la lumière en accablant la France d'impôts. Le bonheur du peuple, voilà le premier devoir, la plus pressante occupation d'un roi. Penses-y toujours, mon fils, et penses-y d'autant plus que tes courtisans ne t'en parleront jamais.

Louis, en disant ces paroles, tend la main au jeune François. Celui-ci se jette dans ses bras, en fondant en larmes, en pressant le roi mourant contre son cœur, et demandant à Dieu, avec des sanglots, de prolonger les jours de celui qu'il veut prendre pour modèle. La Trémouille, Poncher, Bayard, tombent à genoux autour du lit, élèvent leurs bras vers le ciel, et joignent leurs prières et leurs larmes à celles du jeune Valois, quand tout à coup on entend retentir le palais de cris plaintifs, de gémissemens, de mille voix confondues avec des sanglots. Louis, étonné, prête une oreille attentive ; et ce triste bruit vient toujours croissant, jusqu'à ce qu'enfin les portes de son appartement s'ouvrent avec fracas, et un flot de peuple se précipite et tombe à genoux devant Louis.

Pardonnez, s'écrient-ils, ô le meilleur des rois, pardonnez si nous avons forcé vos gardes, si nous avons brisé vos portes. Nous n'espérons plus que le ciel vous rende à nos vœux, à nos larmes, et nous voulons vous voir encore, nous voulons contempler notre père, et ne pas perdre un seul des instans que nous allons tant regretter. Ah! laissez-nous, laissez-nous jouir du reste de notre bonheur, laissez-nous regarder et entendre encore le bon roi qui nous aima si bien.

En disant ces mots tous se pressent autour du lit, tous se prosternent et poussent de longs gémissemens. Quelques-uns relèvent leur tête et essuient les larmes qui remplissent leurs yeux, pour mieux considérer Louis, pour mieux saisir sur son visage la moindre lueur d'espérance. Mais la pâleur de Louis ne leur laisse plus d'espoir; leurs larmes coulent avec plus d'abondance, et leur tête retombe sur leur poitrine. D'autres baisent les meubles qui lui ont servi, les vêtemens qu'il a portés, les voiles qui couvrent son lit. Tous rappellent ses bienfaits : Il m'a rendu mes biens, disait l'un; il a garanti mes champs du pillage, disait l'autre; il m'a sauvé la vie à Agnadel, s'écriait en sanglotant un vieux soldat; je suis Génois, interrompait un archer couvert de blessures, j'étais parmi les révoltés, il me donna ma grâce, et nourrit mes enfans. Et moi, disait un vieillard, je fus plus coupable que vous : je suis Standonck [1], nom trop célèbre par mes fureurs contre Louis. Je fis révolter l'université, j'outrageai Louis dans mes discours, je fis des libelles contre lui ; le parlement me bannit à perpétuité, et Louis fit abolir l'arrêt. Il me punit de mes injures en écrivant lui-même mon éloge ; il se vengea de mes insultes en me rétablissant dans mes honneurs. Alors tous criaient à la fois : Dieu tout-puissant, prenez nos jours, et conservez à nos enfans notre bon roi !

Ce spectacle, ces larmes, ces cris, achevèrent d'épuiser les forces du mourant Louis. Il se soulève avec peine ; il veut parler, il ne peut que

[1] Ce Standonck, qui fut recteur de l'université, mourut en 1504 ; ainsi il ne pouvait être à la mort de Louis XII, arrivée en 1514 : mais on s'est cru permis de faire cet anachronisme, pour pouvoir placer dans l'éloge de Louis XII un des plus beaux traits de clémence de ce bon roi. L'anecdote du peuple forçant les portes de son palais, et environnant son lit en pleurant, n'est pas dans l'histoire ; mais on n'a qu'à relire quelle fut la désolation de la France lorsque Louis XII fut malade en 1505, on verra qu'on n'a rien exagéré, qu'on a transporté seulement cette époque à celle de la mort du roi, en y ajoutant une situation dramatique : on a pensé qu'aucune invention n'était mensonge quand il fallait exprimer l'amour du plus sensible des peuples pour le plus aimé des rois.

pleurer. Il regarde ce peuple en souriant à travers ses larmes; son âme, prête à s'échapper, s'arrête pour jouir encore de l'amour de ses sujets. Mais il sent que le moment approche; et, faisant un dernier effort, il saisit la main de François Ier, et lui dit d'une voix éteinte : Regardez, mon fils, regardez, et jugez s'il est doux d'être roi d'un tel peuple. Hélas ! je ne demande à Dieu, je ne demande à vous qu'une grâce, c'est que vous leur fassiez oublier Louis XII, en les rendant plus heureux qu'ils ne l'ont été sous mon règne. Le moyen en sera facile, mon fils; aimez-les comme vous voyez qu'ils savent aimer. Tout l'art de régner sur des Français consiste dans un seul mot, aimez-les. En disant ces paroles il expire, et tout le peuple jette un cri lamentable. A ce cri succède un silence morne et profond. Chacun se relève, regarde long-temps le visage pâle du bon roi; et sortant du palais, les yeux baissés et noyés de larmes, ils vont crier dans les rues et dans les places publiques : *Le bon roi Louis XII, le Père du peuple, est mort.*

GONZALVE DE CORDOUE,

ou

GRENADE RECONQUISE.

A MADAME

DE FONTENAY,

EN LUI ENVOYANT GONZALVE.

A vos pieds j'envoie en ce jour,
Un héros de votre patrie,
Qui fut l'honneur de l'Ibérie,
Comme vous en seriez l'amour.
Jadis sa gloire et son courage
Lui firent beaucoup d'envieux :
S'il plaît un moment à vos yeux,
Il en aura bien davantage.

LETTRE

DE FLORIAN

A M. BOISSY D'ANGLAS,

EN LUI ENVOYANT GONZALVE.

Il y aurait bien de l'amour-propre à moi, mon cher et illustre confrère, d'imaginer qu'au milieu des importantes occupations qui remplissent vos jours fortunés, mes pauvres héros maures et castillans eussent trouvé le moment de venir vous faire leur cour. Ce n'est pas à un législateur, à un administrateur, à un procureur général syndic, qu'il faut aller chanter des romances ou raconter des contes bleus. Vous avez vraiment d'autres choses à faire dans le département de l'Ardèche, quand ce ne serait que de jouir de la douce paix, de l'heureux repos que vos grands travaux nous ont procurés. J'ai cru qu'il fallait laisser passer les bénédictions, les actions de grâces, les cantiques de reconnaissance qui retentissent en votre honneur dans la France et dans toute l'Europe. Quand les échos de vos montagnes les auront assez répétés, alors je pourrai hasarder de venir jouer de la flûte à la porte de votre maison, comme les bergers de Sicile allaient jouer du chalumeau sur le passage jonché de fleurs des Platon et des Timoléon.

Cependant, d'après votre bonté extrême, d'après la douce indulgence que vous avez puisée au comité des recherches, d'après surtout votre demande, je prends la liberté de faire remettre chez M. d'Azémar, qui m'a promis de s'en charger, un exemplaire du grand Gonzalve de Cordoue. Notre ami commun, M. de La Harpe, a traité ce capitaine avec autant de sévérité que Gonzalve traitait nos capitaines français dans la guerre qu'il leur fit à Naples. La différence qu'il y a, c'est que Gonzalve nous ôta pour toujours ce beau royaume, et que M. de La Harpe ne m'a presque point ôté de lecteurs. Ma seconde édition va paraître; et mon ouvrage s'est fort bien vendu, malgré les circonstances peu favorables aux lettres, qui font rechercher avec plus de soin le Journal du soir et le Logographe, que des récits de guerre et d'amour. Ce qui me fait pardonner à ces circonstances, c'est qu'elles me procurent le plaisir de lire vos beaux discours, vos beaux mémoires d'administration, que je trouve fort éloquens, et que j'ai le projet de mettre en vers un de ces jours, en y joignant de petits morceaux anacréontiques que je viens de faire, sur la force publique et la perception des impôts.

Je ne doute point, mon cher confrère (et cela sans aucune espèce de poésie ou de plaisanterie), que vous ne soyez infiniment utile au pays que vous habitez. Si tout le monde avait votre amour pour le bien et vos moyens de le faire, nous n'en serions pas où nous sommes : mais on a perdu de vue la belle fable que faisait Fontenelle avec ses doigts, lorsqu'il parlait des vérités. De là, je crois, vient tout le mal. C'est à vous de le réparer, ou du moins de l'empêcher de croître ; j'applaudirai à vos succès comme citoyen, comme confrère et comme ami.

Je passe doucement ma vie au coin de mon feu, lisant Voltaire, regrettant Gauvain [1], faisant des fables, et fuyant des sociétés qui sont devenues des arènes affreuses, où tout le monde hait la raison, où les vertus ne sont même plus louées ; où l'humanité, la première des vertus, et la modération, la première des qualités, sont méprisées par tous les partis. Je me trouve fort bien de ma soli-

[1] Poëme de chevalerie auquel travaillait M. Boissy d'Anglas avant la révolution, et qu'il n'a jamais fini : il en avait lu plusieurs chants à M. de Florian.

tude ; et si j'y recevais souvent de vos nouvelles, je l'aimerais encore plus.

Adieu, mon cher confrère, lisez Gonzalve dans vos momens perdus ; vous en serez peut-être content. Vous le serez sûrement de l'histoire des Maures, peuple qui nous était absolument inconnu, et qui méritait au moins d'être autant célébré que certaines gens que je vois célèbres. La Harpe fait grand cas de cette histoire, et m'a dit avec repentir qu'il se portait fort mal quand il a lu mon livre. Portez-vous bien, aimez-moi toujours, et ne m'appelez point aristocrate, comme certains de mes amis m'appellent démagogue.

Homo sum ; nihil humani a me alienum puto.

Je suis de plus votre bon confrère et ami.

FLORIAN.

Paris ce 17 février 1792.

TABLEAU CHRONOLOGIQUE

DES

SOUVERAINS ARABES OU MAURES

QUI RÉGNÈRENT EN ESPAGNE.

PREMIÈRE ÉPOQUE.

CALIFES D'ORIENT.	GOUVERNEURS OU VICE-ROIS D'ESPAGNE.
Années de J.-C.	**Années de J.-C.**
705. Valid I , onzième calife om- miade.	714. Moussa, conquérant de l'Es- pagne.
716. Suleiman.	717. Abdélazis , fils de Moussa.
718. Omar II.	718. Alahor.
721. Yézid II.	721. Elzémagh.
723. Haccham.	723. Ambezé-ben-Sehim.
	725. Asrè-ben-Abdoullah.
	727. Jahiah-ben-Séhémé.
	728. Osman-Abinéza.
	728. Hazifa-ben-Elahous.
	729. Hicchem-ben-Hadi.
	731. Méhémet-ben-Abdoullah.
	731. Abdalrahman-ben-Abdoullah, tué à la bataille de Tours.
	734. Abdoulmelek-ben-Koutn.
742. Valid II.	735. Akbé-ben-el-Hadjadi.
743. Yézid III.	742. Aboulatar-Hassam.
744. Ibrahim.	

CALIFES D'ORIENT.

Années
de J.-C.

744. Mervan II, dernier calife ommiade.
752. Aboul-Abbas-Saffah, premier
calife abbasside.
754. Aboul-Giaffar-Almanzor, second calife abbasside.

GOUVERNEURS

ou

VICE-ROIS D'ESPAGNE.

Années
de J.-C.

745. Tévabé.

746. Joseph el-Fahri, dernier vice-
roi.

SECONDE ÉPOQUE.

CALIFES D'OCCIDENT, ROIS DE CORDOUE.

Années
de J.-C.

755. Abdérame I, prince ommiade.
788. Haccham I.
796. Abdélazis, el-Hakkam I.
822. Abdérame II, el-Mouzaffer.
852. Mohammed I, l'Émir.
886. Almouzir.
889. Abdoullah.
912. Abdérame III.

961. Aboul-Abbas, el-Hakkam II.
976. Haccham II.
1005. Mohammed, el - Mahadi,
usurpateur.
1007. Suleiman.

Années
de J.-C.

1011. Haccham II, remis sur le
trône.
1014. Suleiman, remis sur le trône.
1016. Ali-ben-Hamoud.
1017. Abdérame IV.
1018. Casim.
1021. Jahiah.
1022. Haccham III.
1024. Mohammed, el - Mustek-si-
Billah.
1025. Abdérame V.
1025. Jahiah-ben-Ali.
1026. Haccham IV.

1027. Jalmar - ben - Mohammed,
dernier calife de Cordoue.

TROISIÈME ÉPOQUE.

Principaux royaumes élevés sur les ruines du califat
d'Occident.

TOLÈDE.

Années
de J.-C.

1027. Adafer Almamon I.
1053. Almamon II, le bienfaiteur
     d'Alphonse VI.
1078. Haccham, fils aîné d'Alma-
     mon II.
1079. Jahiah, frère d'Haccham,
     dernier roi.
1085. Prise de Tolède par Al-
     phonse VI, roi de Cas-
     tille. Jahiah va régner à
     Valence.
     Fin du royaume de Tolède.

VALENCE.

1026. Muceit.
     Plusieurs usurpateurs.
1085. Jahiah, dernier roi de To-
     lède.
1093. Aben-Jaf.
1094. Le Cid prend Valence et y
     commande en souverain
     jusqu'à sa mort.
1102. Les Almoravides, rois de
     Maroc, reprennent Va-
     lence après la mort du
     Cid.
     Plusieurs gouverneurs ou
     usurpateurs.
1224. Aben-Zeith.
1230. Zéen, dernier roi.
1238. Prise de Valence par Jac-
     ques I, roi d'Aragon.
     Fin du royaume de Valence.

SARAGOSSE.

Années
de J.-C.

1014. Almundir, gouverneur de-
     venu roi.
1023. Almudafar Benhoud I.
1025. Suleiman Benhoud II.

1073. Almutadar Billah.
1096. Almutacem, dernier roi.
1118. Prise de Saragosse par Al-
     phonse I, surnommé le
     Batailleur, roi d'Aragon.

     Fin du royaume de Saragosse.

SÉVILLE.

1027. Idris.
1028. Aboulcazem Benabad I.
1041. Abi Omar Benabad II.
1068. Mohammed Benabad - III,
     dernier roi.
1097. Benabad III se rend pri-
     sonnier de Joseph d'Al-
     moravide.
     Plusieurs gouverneurs ou
     usurpateurs.

1236. Séville devient république.
1248. Prise de Séville par S. Fer-
     dinand, roi de Castille.

QUATRIÈME ÉPOQUE.

ROIS DE GRENADE.	ROIS DE CASTILLE CONTEMPORAINS.
Années de J.-C.	Années de J.-C.
1236. Mahomet I, Abousaïd AL-HAMAR, fondateur du royaume de Grenade, et chef de la branche des ALHAMARS.	1230. S. Ferdinand, IIIe du nom.
1273. Mahomet II, el-Fakih, Émir el-Mumenin.	1252. Alphonse X, le Sage. 1284. Sanche IV, le Brave.
1302. Mahomet III, el-Hama, ou l'Aveugle.	1295. Ferdinand IV, l'Ajourné.
1310. Mahomet IV, Abenazar.	1311. Alphonse XI, le Vengeur.
1318. Ismaël I, FARADY, chef de la branche royale des FA-RADYS, qui descendait du premier ALHAMAR par les femmes.	
1322. Mahomet V.	
1343. Joseph I.	
1354. Mahomet VI, le Vieux.	1350. Pierre-le-Cruel.
1360. Mahomet VII, le Rouge, ALHAMAR.	
1362. Mahomet VI, le Vieux, remis sur le trône.	1369. Henri II, de Transtamare.
1379. Mahomet VIII, Abouhadjad, ou Guadix.	1379. Jean I.
1392. Joseph II.	1390. Henri III.
1396. Mahomet IX, Balba.	
1408. Joseph III.	1406. Jean II.
1423. Mahomet X, Abenazar, ou le Gaucher.	
1427. Mahomet XI, el-Zugaïr, ou le Petit.	
1429. Mahomet X, le Gaucher, remis sur le trône.	
1432. Joseph IV, ALHAMAR.	

ROIS DE GRENADE.

Années
de J.-C.

1432. Mahomet X, le Gaucher, re-
     mis une troisième fois sur
     le trône.
1445. Mahomet XII, Osmin.
1453. Ismaël II.
1465. Mulci-Hassem.
1485. Abouabdoullah ou Boaddil,
     dernier roi.
1492. Prise de Grenade par Fer-
     dinand et Isabelle, rois
     de Castille et d'Aragon.
     Fin du royaume de Grenade.

ROIS DE CASTILLE.
CONTEMPORAINS.

Années
de J.-C.

1454. Henri IV, l'Impuissant.
1474. Isabelle et Ferdinand V,
     conquérans de Grenade.

PRÉCIS HISTORIQUE

SUR

LES MAURES D'ESPAGNE.

———

Les Maures d'Espagne sont célèbres, et leur histoire est peu connue. Leur nom rappelle la galanterie, la politesse, les beaux arts; et les fragmens de leurs annales, épars dans les écrivains arabes ou espagnols, n'offrent que des rois égorgés, des divisions, des guerres civiles, des combats éternels avec leurs voisins. Au milieu de ces tristes récits, on trouve quelquefois des traits de bonté, de justice, de grandeur d'âme. Ces traits nous frappent beaucoup plus que ceux que nous lisons dans nos histoires, soit qu'ils conservent une impression d'originalité que leur donne le génie oriental, soit qu'à travers les nombreux exemples de barbarie, une belle action, un discours noble, un mot touchant, acquièrent un nouvel éclat des crimes dont ils sont entourés.

Je n'ai pas le projet d'écrire ici l'histoire des Maures; je veux seulement rappeler leurs princi-

pales révolutions, tracer une esquisse fidèle du
caractère, des mœurs d'un peuple que j'ai tâché de
peindre dans mon ouvrage, et mettre le lecteur à
portée de distinguer de mes fictions les vérités qui
leur servent de base. Tel est, ce me semble, le plus
sûr et peut-être le seul moyen de rendre un livre
de pur agrément moins inutile et moins frivole.

Les historiens espagnols (1), que j'ai consultés
avec un grand soin, m'ont été d'un médiocre secours.
Attentifs à faire marcher de front l'histoire très-
compliquée des différens rois des Asturies, de Navarre, d'Aragon, de Castille, ils ne reviennent
aux Maures que lorsque leurs guerres avec les
Chrétiens mêlent ensemble les intérêts des deux
peuples ; mais ils ne parlent presque jamais du
gouvernement, des lois, des usages des ennemis de
leur foi. Les écrivains arabes (2) qu'on a traduits
ne donnent guère plus de lumières : emportés par
le fanatisme, aveuglés par un ridicule orgueil, ils
s'étendent avec complaisance sur les victoires de
leur nation, ne disent rien de ses défaites, et passent sous silence des dynasties entières. Quelques-
uns de nos savans [1] ont rassemblé dans des ouvra-

---

[1] D'Herbelot, *Bibliothèque orientale ;* Cardonne, *Histoire
d'Afrique et d'Espagne ;* Chénier, *Recherches historiques
sur les Maures.*

ges très-estimables ce qu'ont dit ces historiens, ce qu'ils ont eux-mêmes observé. J'ai puisé dans toutes ces sources; j'ai cherché les mœurs des Arabes Maures d'Andalousie dans les romans espagnols (3), dans les anciennes romances castillanes, dans des manuscrits, des mémoires qui me sont venus de Madrid. C'est d'après cette étude longue et pénible que je vais essayer de faire connaître un peuple qui ne ressemble à aucun autre, qui eut ses vices, ses vertus, sa physionomie particulière, et qui sut allier long-temps la valeur, la générosité, la courtoisie des chevaliers de l'Europe avec les emportemens, les fureurs, les passions brûlantes des Orientaux.

Pour mettre plus d'ordre dans les temps et plus de clarté dans les faits, je diviserai ce précis historique en quatre principales époques. La première s'étendra depuis les conquêtes des Arabes jusqu'à l'établissement des princes Ommiades à Cordoue; la seconde renfermera le règne de ces Califes d'Occident; dans la troisième, je rapporterai le peu qu'on sait des différens petits royaumes élevés sur les ruines du califat de Cordoue; et la quatrième comprendra l'histoire des souverains de Grenade jusqu'à l'expulsion totale des Musulmans.

PREMIÈRE ÉPOQUE.

CONQUÊTE DES ARABES OU MAURES.

Depuis la fin du sixième (4) jusqu'au milieu du huitième.

Origine des Maures.

Les Maures sont les habitans de cette vaste contrée d'Afrique bornée à l'orient par l'Égypte, au nord par la Méditerranée, à l'ouest par le grand Océan, au midi par les déserts de Barbarie. Leur origine, comme celle de presque toutes les nations, est obscure et mêlée de fables. Il paraît certain seulement que des émigrations de l'Asie ont reflué, dès les premiers temps, en Afrique. Le nom de *Maures*[1] semble l'indiquer. D'ailleurs tous les historiens[2] parlent d'un Melek-Yarfrik, roi de l'Arabie heureuse, qui, suivi d'un peuple de Sabéens, vint s'emparer de la Lybie et lui donna le nom d'Afrique. Les principales tribus des Maures prétendent descendre de ces Sabéens. Sans discuter des faits si

---

[1] *Maures*, selon Bochart, vient du mot hébreu *Mahurim*, qui signifie *Occidentaux*.

[2] Ibnialrabie, Procope, Léon l'Africain, Marmol, etc.

anciens, il suffit d'être à peu près sûr que les premiers Maures furent des Arabes. Dès lors on n'est
plus surpris de les voir dans tous les temps séparés
par tribus, habitant sous des tentes, vagabonds
dans les déserts, et chérissant, comme leurs pères,
cette vie libre et pastorale.

Ils sont connus dans l'histoire ancienne sous le
nom de Numides, de Gétules, de Massiliens. Tour
à tour sujets, ennemis, alliés de la fameuse Car-
thage, ils tombèrent avec elle sous la domination
des Romains. Après plusieurs inutiles révoltes cau-
sées par l'esprit inquiet, fougueux, inconstant, de
ces peuples, ils furent subjugués par les Vandales [1].
Bélisaire les reconquit un siècle après. Mais les
Arabes vainqueurs des Grecs, soumirent les Mauritanies. Comme, depuis ce moment, les Maures
devenus Musulmans ont été, pour ainsi dire, confondus avec les Arabes, il est nécessaire de dire un
mot de cette nation extraordinaire, inconnue pendant tant de siècles, et maîtresse tout à coup de
la plus grande partie de la terre.

Les Arabes.

Les Arabes sont sans contredit, un des plus anciens peuples de l'univers. Peut-être est-ce celui

[1] An de J.-C., 427.

VI. OEUVRES DE FLORIAN.   7

de tous qui a le mieux conservé son caractère, ses mœurs, son indépendance. Dès les siècles les plus reculés, divisés par tribus errantes dans les campagnes ou réunies dans des villes, soumis à des chefs guerriers et magistrats à la fois, jamais ils n'ont été sujets d'une domination étrangère. Les Perses, les Macédoniens, les Romains, tentèrent vainement de les soumettre : leur sceptre vint se briser contre les rochers des Nabathéens [1]. Orgueilleux de son origine, qui remonte jusqu'aux patriarches, fiers d'avoir su défendre sa liberté, l'Arabe, au fond de ses déserts, regarde les autres nations comme des troupeaux d'esclaves rassemblés au hasard pour changer de maîtres. Brave, sobre, infatigable, endurci dès l'enfance aux plus pénibles travaux, ne craignant ni la soif, ni la faim, ni la mort, ce peuple n'avait besoin que d'un homme pour se rendre souverain du monde.

Naissance de Mahomet.

Mahomet parut [2], et tous les talens lui furent accordés par la nature. Valeur, sagesse, éloquence, grâces, Mahomet posséda tous les dons qui en imposent et qui entraînent. Chez les nations les plus

[1] Ancien nom des Arabes.
[2] An de J.-C., 569.

éclairées , Mahomet eût été un grand homme ;
chez un peuple ignorant et fanatique il devait être,
il fut un prophète.

Jusqu'à lui , les tribus arabes , environnées de
Juifs , de Chrétiens , d'idolâtres , avaient fait un
mélange superstitieux de ces différentes religions
avec celle des anciens Sabéens. Ils croyaient aux
génies, aux démons, aux sortiléges ; ils adoraient
les étoiles et sacrifiaient aux idoles. Mahomet ,
après avoir médité jusqu'à l'âge de quarante-quatre
ans, dans la retraite et le silence, les nouveaux dogmes qu'il voulait établir, après avoir séduit ou persuadé les principaux [1] de sa famille , qui était la
première parmi les Arabes, prêcha tout à coup
une religion nouvelle , ennemie de toutes celles
qu'on connaissait, et faite pour enflammer le génie ardent de ces peuples.

Religion de Mahomet.

Enfans d'Ismaël , leur dit-il, je vous apporte le
culte que professaient votre père Abraham, Noé,
tous les patriarches. Il n'est qu'un seul Dieu, souverain des mondes, il s'appelle *le Miséricordieux*.
N'adorez que lui : soyez bienfaisans envers les or-
phelins, les pauvres, les esclaves, les captifs ; soyez

---

[1] Les Coheshirites , gardiens du temple de la Caaba.

justes envers tous les hommes : la justice est la
sœur de la piété. Priez et faites l'aumône. Votre récompense sera d'habiter dans le ciel des jardins délicieux, où coulent des fleuves limpides, où vous
trouverez des épouses toujours belles, toujours
jeunes, toujours plus éprises de vous. Combattez
avec valeur les incrédules et les impies : combattez-
les jusqu'à la victoire, jusqu'à ce qu'ils embrassent
l'islamisme (5), ou qu'ils vous paient un tribut.
Tout soldat mort dans les batailles ira jouir des
trésors de Dieu. Les lâches ne pourront prolonger
leur vie; l'instant où l'ange de la mort doit les
frapper est marqué dans le livre de l'Éternel.

Ces préceptes, annoncés dans une langue riche,
figurée, majestueuse, embellis du charme des vers,
présentés de la part d'un ange par un prophète
guerrier, poëte, législateur, au peuple de l'univers le plus ardent, le plus passionné pour le merveilleux, pour la volupté, pour la valeur, pour
la poésie, devaient trouver bientôt des disciples.
Mahomet en eut un grand nombre ; la persécu-
tion vint l'augmenter. Ses ennemis forcèrent l'a-
pôtre à fuir de la Mecque, sa patrie, à se réfugier
à Médine. Cette fuite devint l'époque de sa gloire
et l'hégire des Musulmans [1].

[1] An de J.-C., 622 ;—de l'hégire, 1.

Progrès de l'islamisme.

Dès ce moment l'islamisme se répandit comme un torrent dans les Arabies, dans l'Éthiopie. En vain quelques tribus idolâtres ou juives voulurent défendre leur ancien culte, en vain la Mecque arma ses soldats contre le destructeur de ses dieux ; Mahomet, le glaive à la main, dispersa leurs armées, s'empara de leurs villes, pardonna souvent aux vaincus, et s'attacha, par sa clémence, par son génie, par ses talens, les peuples qu'il avait soumis. Législateur, pontife, chef de toutes les tribus arabes, maître d'une armée invincible, respecté des souverains d'Asie, adoré d'une nation puissante, secondé par des capitaines devenus sous lui des héros, il allait marcher contre Héraclius, lorsqu'il mourut à Médine [1] des suites du poison que lui avait donné une Juive du Khaïbar (6).

Victoires des Musulmans.

Sa mort n'arrêta ni les progrès de sa religion, ni les conquêtes des Arabes. Aboubèkre, beau-père du prophète, fut nommé pour lui succéder, et prit le titre de *calife*, qui veut dire seulement *vicaire*. Sous son règne, les Musulmans pénètrent dans la

[1] An de J.-C., 632, —de l'hégire, 11.

Syrie, dispersent les troupes d'Héraclius, pren-
nent la ville de Damas, siége célèbre à jamais par
les exploits plus qu'humains du fameux Kaled,
surnommé *l'Épée de Dieu* (7). Au milieu de tant
de victoires, Aboubèkre, à qui l'on envoyait l'immense butin conquis sur l'ennemi, n'en prend
jamais pour sa dépense particulière qu'une somme équivalente à quarante de nos sous par jour.
Omar, successeur d'Aboubèkre, fait marcher Kaled à Jérusalem. Jérusalem est prise par les Arabes ; la Syrie, la Palestine, sont soumises ; les Turcs,
les Perses, demandent la paix ; Héraclius fuit d'An-
tioche ; l'Asie tremble devant Omar ; et les terri-
bles Musulmans, modestes dans la victoire, rapportant leurs succès à Dieu seul, conservent, au
milieu des pays les plus beaux, les plus riches, les
plus délicieux de la terre, au sein des peuples les
plus corrompus, leurs mœurs austères, frugales,
leur discipline sévère, leur respect pour leur pau-
vreté. On voit les derniers des soldats s'arrêter
tout à coup dans le sac d'une ville, au premier
ordre de leur chef, lui rapporter fidèlement l'or,
l'argent qu'ils ont enlevé, pour le déposer dans
le trésor public. On voit ces capitaines si braves,
si superbes avec les rois, quitter, reprendre le
commandement d'après un billet du calife ; devenir tour à tour généraux, simples soldats, am-

bassadeurs, à la moindre de ses volontés. On voit enfin Omar lui-même, Omar, le plus puissant souverain, le plus riche, le plus grand des rois de l'Asie, se rendre à Jérusalem, monté sur un chameau roux, chargé d'un sac d'orge et de riz, d'une outre pleine d'eau, d'un vase de bois. Il marche dans cet équipage à travers les peuples vaincus, qui se pressent sur son passage, qui lui demandent de les bénir et de juger leurs différends. Il arrive à son armée, lui prêche la simplicité, la valeur, la modestie ; il entre dans Jérusalem, pardonne aux Chrétiens, conserve les églises ; et, remonté sur son chameau, le calife retourne à Médine faire la prière à son peuple.

Les Musulmans marchent vers l'Égypte : l'Égypte est bientôt subjuguée. Alexandrie est prise par Amrou, l'un des plus grands généraux d'Omar. C'est alors[1] que périt cette fameuse bibliothèque, l'objet des éternels regrets des savans. Les Arabes, si passionnés pour leur poésie, méprisaient les livres des autres nations. Amrou fit brûler la bibliothèque des Ptolémées ; et ce même Amrou cependant était renommé par ses vers : il aimait, il respectait le célèbre Jean le grammairien, à qui, sans l'ordre du calife, il voulait donner cette bi-

---

[1] An de J.-C., 640 ;—de l'hégire, 19.

bliothèque. Cet Amrou fit exécuter un dessein digne des beaux siècles de Rome : c'était de joindre la mer Rouge à la Méditerranée par un canal navigable où les eaux du Nil seraient détournées. Ce canal, si utile à l'Égypte, si important pour le commerce d'Europe et d'Asie, fut achevé dans peu de mois. Les Turcs l'ont laissé détruire.

Amrou s'avança dans l'Afrique, tandis que d'autres capitaines arabes passaient l'Euphrate et soumettaient la Perse. Mais Omar n'était déjà plus ; Othman occupait sa place.

Ce fut sous le règne de ce calife[1] que les Arabes conquirent les Mauritanies, en chassèrent pour jamais les faibles Grecs, et ne trouvèrent de résistance que dans les tribus belliqueuses des Bérébères (8). Ces peuples libres et pasteurs, anciens habitans de la Numidie, et qui, même de nos jours, retranchés dans les montagnes de l'Atlas, y conservent une espèce d'indépendance, se défendirent long-temps contre les vainqueurs des Maures. Un général musulman, nommé Akbé, les soumit enfin, leur donna sa loi, sa croyance ; et, s'avançant jusqu'aux extrémités de l'Afrique occidentale, il ne s'arrêta qu'aux bords de l'Océan. Là, plein de l'enthousiasme de l'héroïsme et de la

---

[1] An de J.-C., 647 ; — de l'hégire, 27.

religion, il poussa son cheval dans la mer, tira son sabre, et s'écria : Dieu de Mahomet, tu le vois, sans cet élément qui m'arrête, j'irais chercher des nations nouvelles pour leur faire adorer ton nom !

Jusqu'à cette époque, les Maures sujets des Carthaginois, des Romains, des Vandales et des Grecs, n'avaient pris qu'une faible part aux intérêts de ces différens maîtres. Errant dans les déserts, ils s'occupaient du soin des troupeaux, payaient des impôts arbitraires, souffraient les vexations de leurs gouverneurs, essayaient de temps en temps de briser leurs fers, et se réfugiaient, après leurs défaites, dans les montagnes de l'Atlas ou dans l'intérieur du pays. Leur religion était un mélange de christianisme et d'idolâtrie, leurs mœurs celles des Nomades asservis : grossiers, ignorans, malheureux, abrutis par le despotisme, ils étaient à peu près ce qu'ils sont aujourd'hui sous les tyrans de Maroc.

Les Maures deviennent Musulmans.

L'arrivée des Arabes produisit chez eux un grand changement. Une origine commune avec les conquérans nouveaux, la même langue, les mêmes passions, tout contribuait à lier les vaincus aux vainqueurs. L'annonce de cette religion prêchée par un descendant d'Ismaël, que les Maures regardent comme leur père, les victoires rapides des Musulmans qui, déjà maîtres de la moitié de l'Asie et de l'Afrique, menaçaient d'envahir le monde, frappèrent vivement les Maures, et rendirent à leur caractère toute son ardente énergie. Ils embrassèrent avec transport les dogmes de Mahomet; ils s'unirent avec les Arabes, voulurent combattre avec eux, devinrent épris à la fois de l'islamisme et de la gloire.

Cette réunion, qui doubla les forces des deux nations confondues, fut troublée quelques instans par la révolte des Bérébères, toujours passionnés pour leur liberté. Le calif Valid Ier, qui régnait alors, fit partir d'Égypte Moussa-ben-Nazir [1], général habile et vaillant, à la tête de cent mille hommes. Moussa défit les Bérébères, pacifia les Mauritanies, alla s'emparer de Tanger, qui appartenait aux Goths espagnols; et, maître d'un pays immense, d'une redoutable armée, d'un peuple pour qui la guerre était devenue un besoin, Moussa médita dès ce moment de porter ses armes en Espagne.

État de l'Espagne sous les Goths.

Ce beau royaume, après avoir été soumis tour à

[1] An de J.-C. , 708 ;—de l'hégire , 89.

tour par les Carthaginois, par les Romains, était
devenu la proie des barbares. Les Alains, les Suè-
ves, les Vandales, connus sous le nom général de
Goths, s'étaient partagé ses provinces. Mais Euric,
un de leurs rois, vers la fin du cinquième siècle,
avait réuni toute l'Espagne et l'avait transmise à
ses descendans.

La douceur du climat, la prospérité, les richesses amollirent ces conquérans, leur donnèrent des vices qu'ils n'avaient pas lorsqu'ils étaient
des barbares, et leur ôtèrent la valeur guerrière
qui seule avait fait leurs succès. Les rois qui vinrent
après Euric, tantôt ariens, tantôt catholiques,
abandonnèrent leur puissance aux évêques, et
régnèrent au milieu des troubles. Rodrigue, le
dernier d'entre eux, souilla le trône par ses vices.
Personne n'ignore l'histoire, apocryphe ou véritable, de la fille du comte Julien, à qui Rodrigue,
dit-on, fit violence. Ce fait est contesté ; mais ce
qui ne peut l'être, c'est que les débauches des tyrans ont presque toujours été la cause ou le prétexte de leur ruine.

Conquête de l'Espagne par les Maures.

Il est certain que le comte Julien et son frère
Oppas, archevêque de Tolède, tous deux puissans
chez les Goths, favorisèrent l'irruption des Maures.

Tarik (9), l'un des plus grands capitaines de ce
temps, fut envoyé par Moussa, d'abord avec peu
de troupes, et n'en défit pas moins une grande armée que Rodrigue lui opposa ; depuis, ayant reçu
des renforts d'Afrique, il vainquit Rodrigue lui-
même à la bataille de Xérès, où le roi goth périt
en fuyant [1]. Tarik profita de sa victoire, pénétra
dans l'Estramadure, dans l'Andalousie, dans les
Castilles, prit Tolède ; et bientôt rejoint par
Moussa, jaloux de la gloire de son lieutenant, ces
deux hommes extraordinaires, divisant leurs troupes en plusieurs corps, achevèrent en peu de mois
la conquête entière de l'Espagne.

Il faut observer que ces Maures, que plusieurs
historiens nous présentent comme des barbares
altérés de sang, laissèrent aux peuples vaincus
leur culte, leurs églises, leurs juges. Ils n'exi-
geaient que le tribut que les Espagnols payaient à
leurs rois. On ne redoutait point leur férocité, puisque la plupart des villes se rendirent par compo-
sition, puisque les Chrétiens s'unirent si bien avec
eux, que ceux de Tolède en prirent le nom de
Musarabes, et que la reine Égilone, veuve du dernier roi Rodrigue, épousa publiquement, de l'aveu
des deux nations, Abdélazis, fils de Moussa.

[1] An de J.-C. , 714 ;—de l'hégire, 96

Ce Moussa, que les succès de Tarik avaient aigri, voulut éloigner un lieutenant qui l'éclipsait. Il l'accusa près du calife. Valid les rappela tous deux, ne jugea point leurs différends, et les laissa mourir à sa cour du chagrin de se voir oubliés.

Vice-rois d'Espagne. Commencement de Pélage.

Abdélazis, l'époux d'Égilone, resta gouverneur de l'Espagne [1], et ne le fut que quelques instans, Alahor, qui lui succéda, porta ses armes dans la Gaule, subjugua la Narbonnaise, et se préparait à pousser plus loin ses conquêtes, lorsqu'il apprit que Pélage, prince du sang royal des Goths, réfugié dans les montagnes des Asturies avec une poignée de vaillans soldats, osait braver les vainqueurs de l'Espagne, et former le noble dessein de se dérober à leur joug. Alahor envoya des troupes contre lui. Pélage, retranché dans des gorges, battit deux fois les Musulmans, fortifia sa petite armée, s'empara de quelques châteaux ; et ranimant le courage des Chrétiens abattus par tant de revers, il apprit aux Espagnols étonnés que les Maures n'étaient pas invincibles.

L'insurrection de Pélage fit rappeler Alahor par le calife Omar II. Elzémagh, son successeur, pensa

[1] An de J.-C. , 718 ;—de l'hégire, 100.

que le plus sûr moyen de réprimer les révoltes
était de rendre les peuples heureux. Il s'occupa de
policer l'Espagne, de régler les impôts, jusqu'a-
lors arbitraires, de contenir les soldats en leur
donnant une paye fixe. Ami des beaux-arts, que
les Arabes cultivaient dès-lors, Elzémagh embellit
Cordoue, dont il fit sa capitale, attira les savans
à sa cour, et composa lui-même un livre qui renfermait la description des villes, des fleuves, des
provinces, des ports de l'Espagne, des métaux,
des marbres, des mines qu'on y trouvait, de tous
les objets enfin qui pouvaient intéresser les sciences et l'administration. Peu inquiet des mouvemens de Pélage, dont toute la puissance se bornait
à la possession de quelques forteresses dans les
montagnes inaccessibles, Elzémagh n'entreprit
point de l'y forcer ; mais, guidé par le désir funeste
dont brûlèrent toujours les gouverneurs de l'Espagne, d'étendre leurs conquêtes en France, il
passa les Pyrénées [1], et fut tué dans une bataille
qu'Eudes, duc d'Aquitaine, lui livra.

Après la mort d'Elzémagh, arrivée sous le califat
d'Yézid II (10), plusieurs gouverneurs [2], dans l'es-

---

[1] An de J.-C., 722 ;—de l'hégire, 104.
[2] Ambezé, Asré, Jahiah, Osman, Hazifa, Hicchem, Mé-
hémet.

pace de peu d'années, se succédèrent rapidement en Espagne. Aucune de leurs actions ne mérite d'être rapportée ; mais, pendant ce temps, le brave Pélage agrandit son petit état, s'avança dans les montagnes de Léon, se rendit maître de quelques places ; et ce héros, dont le courage appelait à la liberté les Asturiens et les Cantabres, jeta les premiers fondemens de cette puissante monarchie dont les guerriers devaient à leur tour poursuivre les Africains jusque dans les rochers de l'Atlas.

Abdérame veut conquérir la France, et pénètre jusqu'à la Loire.

Les Maures [1], qui ne songeaient qu'à subjuguer de nouveaux pays, ne firent pas de grands efforts contre Pélage : ils étaient sûrs de le réduire aisément quand ils auraient soumis la France ; et ce seul désir remplissait l'âme ardente du nouveau gouverneur Abdalrahman, que nous appelons Abdérame. Sa gloire, sa valeur, ses talens, son ambition démesurée, lui faisaient regarder cette conquête comme facile : mais il devait y trouver son vainqueur.

Le fils de Pepin d'Héristale, l'aïeul de Charlemagne, Charles Martel, dont les exploits effacèrent ceux de son père et ne furent point effacés par

[1] An de J.-C., 731 ;—de l'hégire, 113.

ceux de son petit-fils, était alors maire du palais,
sous les derniers princes de la première race ; ou
plutôt Charles était le véritable roi des Français et
des Germains. Le duc d'Aquitaine Eudes, maître
de la Guienne et de la Gascogne, avait eu de longues querelles avec le héros français. Trop faible
pour lui résister, il chercha l'alliance d'un Maure
nommé Munuze, gouverneur de la Catalogne et
l'ennemi secret d'Abdérame. Ces deux vassaux,
tous deux mécontens de leur souverain qu'ils crai-
gnaient, s'unirent par d'étroits liens : malgré la
différence des cultes, le duc chrétien n'hésita point
à donner sa fille en mariage à son allié musulman ;
et la princesse Numerance épousa le Maure Munuze, comme la reine Égilone avait épousé le
Maure Abdélazis.

Abdérame, instruit de cette alliance, en pénétra les motifs. Il rassemble aussitôt son armée,
vole en Catalogne, attaque Munuze, qui tente vainement de fuir : poursuivi, atteint dans sa course,
il se donne lui-même la mort. Sa femme captive
est conduite au vainqueur. Abdérame, frappé de
sa beauté, l'envoie en présent au calife Haccham,
dont elle s'attira l'amour : destinée singulière, qui
place une princesse gasconne dans le sérail du
souverain de Damas !

Non content d'avoir puni Munuze, Abdérame

passe les monts, traverse la Navarre, entre dans la Guienne, assiège et prend la ville de Bordeaux. Eudes, à la tête d'une armée, s'efforce de l'arrêter : Eudes est vaincu dans un grand combat ; tout plie sous les armes des Musulmans ; Abdérame poursuit sa route, ravage le Périgord, la Saintonge, le Poitou, parvient triomphant en Touraine, et ne s'arrête qu'à la vue des drapeaux de Charles Martel.

Charles venait à sa rencontre, suivi des forces de la France, de l'Austrasie, de la Bourgogne, suivi surtout de ses vieilles bandes accoutumées à vaincre sous lui. Le duc d'Aquitaine était dans son camp : Charles oubliait ses injures pour ne songer qu'au péril commun. Ce péril devenait pressant : le sort de la France, de la Germanie, de tous les peuples chrétiens, allait dépendre d'une bataille. Abdérame était un rival digne du fils de Pépin, fier, comme lui, de plusieurs victoires, suivi d'une armée innombrable, entouré de vieux capitaines qui l'avaient vu souvent triompher, et pressé dès long-temps du désir de soumettre enfin aux Arabes les seuls pays qui leur manquaient encore de l'ancien empire romain.

Bataille de Tours.

L'action fut longue et sanglante. Abdérame y

VI. OEUVRES DE FLORIAN.   8

trouva la mort [1]. Cette grande perte décida sans doute la défaite de son armée. Les historiens assurent qu'il y périt plus de trois cent mille hommes. Ce nombre est sûrement exagéré ; mais il est vraisemblable que des ennemis parvenus jusqu'au milieu de la France, et poursuivis après leur défaite, ont dû échapper difficilement au fer des vainqueurs ou à la vengeance des peuples.

Cette mémorable bataille, sur laquelle nous n'avons aucun détail, nous sauva du joug des Arabes et fut le terme de leur grandeur. Depuis ce revers, ils tentèrent encore de pénétrer dans la France ; ils s'emparèrent même d'Avignon : mais Charles Martel les défit de nouveau, reprit cette ville, leur enleva Narbonne, et leur ôta pour jamais l'espérance dont ils s'étaient flattés si longtemps.

Guerres civiles en Espagne.

Après la mort d'Abdérame, l'Espagne fut déchirée par les divisions de deux gouverneurs nommés successivement par les califes [2]. Un troisième prétendant arriva d'Afrique ; un quatrième se mit sur les rangs [3]. Les factions se multiplièrent, les

---

[1] An de J.-C., 733 ;—de l'hégire, 114.
[2] Abdoulmelck , Akbé.
[5] Aboulatar , Tévabé.

différens partis en vinrent souvent aux mains :
des chefs furent massacrés, des villes prises, des
provinces ravagées. Les détails de ces événemens,
différemment rapportés par les historiens, ne peuvent être d'aucun intérêt. La seule vérité qu'on y
découvre, c'est qu'à mesure que la douceur du
climat, le mélange des Espagnols et des Maures,
polissaient les mœurs de ces derniers, une nouvelle émigration d'Africains venait détruire l'ouvrage du temps, et rendre à leurs anciens frères
cette férocité sauvage qui semble appartenir à
l'Afrique.

Ces guerres civiles durèrent près de vingt ans.
Les chrétiens retirés dans les Asturies en profitèrent. Alphonse Ier, gendre et successeur de Pélage,
marcha sur les traces de ce héros. Il s'empara
d'une partie de la Galice et de Léon, battit les
troupes qu'on lui opposa, se rendit maître de quelques places, et commença dès-lors à former une
petite puissance.

Les Maures, occupés de leurs querelles, n'arrê-
tèrent point les progrès d'Alphonse. Après plusieurs crimes et plusieurs combats, un certain Joseph l'avait emporté sur ses différens rivaux et
régnait enfin à Cordoue, lorsqu'un événement
mémorable [1] arrivé dans l'Orient eut une grande

_____
[1] An de J.-C., 749 ; — de l'hégire, 134.

influence sur l'Espagne. C'est là que commence la
seconde époque de l'empire des Maures, pour laquelle il est nécessaire de revenir quelques instans
à l'histoire des califes.

DEUXIÈME ÉPOQUE.

LES CALIFES D'OCCIDENT, ROIS DE CORDOUE.

Depuis le milieu du huitième siècle jusqu'au onzième.

Nous avons vu rapidement, sous les trois premiers califes Aboubèkre, Omar, Othman, les
Arabes, conquérans de la Syrie, de la Perse, de
l'Afrique, conserver leurs antiques mœurs, leur
simplicité, leur obéissance au successeur du prophète, leur mépris pour le luxe et pour les trésors.
Mais quel peuple pouvait résister à tant de pros-
pérités ? Les vainqueurs tournèrent bientôt leurs
propres armes contre eux-mêmes : ils oublièrent
les vertus qui les avaient rendus invincibles, et
déchirèrent de leurs mains l'empire qu'ils avaient
fondé.

Les Musulmans se divisent.

Ces malheurs commencèrent à l'assassinat d'Othman. On nomma pour lui succéder [1], Ali, l'ami,
le compagnon, le fils adoptif du prophète; Ali, si

[1] An de J.-C., 655 ;—de l'hégire, 135.

cher aux Musulmans par ses exploits, par sa douceur, par son épouse Fatime, fille unique de Mahomet. Moavias, gouverneur de Syrie, refusa de
reconnaître Ali. Guidé par les conseils de l'habile
Amrou, conquérant d'Égypte, Moavias se fit proclamer calife à Damas. Les Arabes se divisèrent :
ceux de Médine soutinrent Ali; ceux de Syrie,
Moavias. Les premiers prirent le nom d'*Alides*;
les autres s'appelèrent *Ommiades*, du nom d'un
aïeul de Moavias qui se nommait Ommiah. Telle
fut l'origine du schisme fameux qui sépare encore
les Turcs et les Perses.

Ali vainquit Moavias et ne sut point profiter de
sa victoire. Bientôt après il fut assassiné (1). Son
parti s'affaiblit. Ses enfans firent de vains efforts
pour le ranimer. Les Ommiades, au milieu des
orages, des révoltes, des guerres civiles, restèrent
à Damas possesseurs du califat. C'est sous le règne
d'un de ces princes, de Valid Ier, que nous avons
vu les Arabes étendre leurs conquêtes en Orient
jusqu'au Gange, en Occident jusqu'à l'Océan at-
lantique. Les Ommiades cependant furent pour
la plupart des princes faibles; mais leurs généraux étaient habiles, et les soldats musulmans
n'avaient point encore dégénéré de leur antique
valeur.

Les Ommiades perdent le califat.

Après avoir occupé le trône pendant l'espace de quatre-vingt-treize ans [1], Mervan II (2), le dernier calife ommiade, fut vaincu par Abdalla, de la race des Abbassides, proches parens de Mahomet, ainsi que les Ommiades. Mervan perdit l'empire et la vie. Aboul-Abbas, neveu d'Abdalla, fut élu calife, et commença cette dynastie des Abbassides, si célèbres dans l'Orient par leur amour pour les sciences, par les noms d'Haroun-al-Raschild, d'Almamon et des Barmécides (3). Les Abbassides gardèrent le califat pendant cinq siècles. Ils en furent dépouillés par les Tartares fils de Gengis-Kan, après avoir vu s'établir en Égypte d'autres califes nommés *Fatimites*, parce qu'ils prétendaient descendre de Fatime, fille de Mahomet. L'empire des Arabes fut détruit, et ces peuples, rentrés dans les Arabies, y sont à peu près aujourd'hui ce qu'ils étaient avant Mahomet. J'anticipe sur les événemens, parce que désormais l'Espagne n'aura plus rien à démêler avec l'Orient.

Cruautés exercées contre les Ommiades.

Lorsque le cruel Abdalla eut placé son neveu Aboul-Abbas sur le trône des califes, il forma

[1] An de J.-C., 752 ;—de l'hégire, 134.

l'horrible dessein d'exterminer tous les Ommiades. Ces princes étaient fort nombreux. Chez les Arabes, où la polygamie est permise, où le grand nombre des enfans est regardé comme une faveur du ciel, il n'est pas rare de compter plusieurs milliers d'individus appartenant à la même famille. Abdalla, désespérant d'éteindre la race de ses ennemis, que la terreur avait dispersés, promit une amnistie générale pour tous les Ommiades qui se rendraient près de lui. Ces infortunés crurent à ses sermens, ils vinrent chercher leur pardon aux pieds d'Abdalla. Ce monstre, les voyant rassemblés, les fit envelopper par des soldats qui les massacrèrent à ses yeux. Après cet affreux carnage, Abdalla donna ordre qu'on rangeât leurs corps sanglans l'un près de l'autre, qu'on les couvrît de planches et de tapis de Perse ; et sur cette horrible table il fit servir à ses officiers un magnifique festin. On frissonne en lisant ces détails [1] ; mais ils peignent le caractère et les mœurs de ces conquérans.

Un seul Ommiade échappa ; ce prince s'appelait Abdérame. Errant, fugitif, il gagna l'Égypte et fut se cacher dans les déserts.

[1] Marigny, *Histoire des Arabes*, tome III.

Un prince ommiade vient en Espagne.

Les Maures d'Espagne, fidèles aux Ommiades, quoique leur gouverneur Joseph eût reconnu les Abbassides, n'eurent pas plutôt appris qu'il existait en Afrique un rejeton de cette illustre race, qu'ils lui envoyèrent secrètement des députés pour lui offrir leur couronne. Abdérame prévit les combats qu'il aurait sans doute à livrer ; mais, né avec une grande âme qui s'était encore élevée à l'école de l'adversité, Abdérame n'hésite point. Il passe la mer [1], arrive en Espagne, gagne les cœurs de ses nouveaux sujets, rassemble une armée, entre dans Séville, et marche bientôt vers Cordoue, capitale des états musulmans.

Abdérame, premier calife d'Occident.

Joseph, au nom des Abbassides, tenta vainement de lui résister ; Joseph est vaincu, Cordoue est conquise, plusieurs autres villes ont le même sort. Abdérame est reconnu non-seulement roi des Espagnes, mais il est proclamé calife d'Occident [2] ; et dès ce moment, l'Espagne, démembrée du grand empire des Arabes, forma seule un état puissant.

[1] An de J.-C., 755 ;—de l'hégire, 138.
[2] An de J.-C., 759 ;—de l'hégire, 142.

Règne d'Abdérame Ier.

Abdérame Ier établit à Cordoue le siége de sa nouvelle grandeur. Il n'y fut pas long-temps en paix. Des révoltes suscitées par les Abbassides, des guerres avec les rois de Léon, des irruptions des Français dans la Catalogne (4), occupèrent sans cesse Abdérame. Sa valeur, son activité, triomphèrent de tant d'ennemis. Il se soutint sur le trône avec gloire, il mérita le beau surnom de *Juste*, et chérit, cultiva les arts au milieu des troubles et des périls. Ce fut lui qui le premier, établit des écoles à Cordoue, où l'on venait étudier l'astronomie, les mathématiques, la médecine, la grammaire; lui-même faisait des vers et passait pour l'homme le plus éloquent de son siècle. Il embellit, fortifia sa capitale, y construisit un palais superbe avec des jardins délicieux, et commença la grande mosquée qui fait encore aujourd'hui l'admiration des voyageurs. Ce monument de magnificence ne fut achevé que sous le calife Haccham, fils et successeur d'Abdérame. L'on dit que les Espagnols n'en ont conservé que la moitié : cependant il a six cents pieds de long sur deux cent cinquante de large. On compte vingt-neuf nefs dans sa longueur, et dix-neuf dans sa largeur. Plus de trois cents colonnes d'albâtre, de jaspe, de marbre, le soutiennent. On y entrait autrefois par vingt-quatre portes de bronze couvertes de sculptures d'or, et quatre mille sept cents lampes éclairaient toutes les nuits ce magnifique édifice [1].

Religion et fêtes des Maures.

C'est là que les califes de Cordoue venaient faire la prière au peuple le vendredi, jour consacré à la religion par les préceptes de Mahomet. C'est là que tous les Musulmans d'Espagne se rendaient en pèlerinage comme ceux de l'Orient se rendent au temple de la Mecque. On y célébrait avec de grandes solennités la fête du grand et du petit *Beiram,* qui répond à la Pâque des Juifs, celle du renouvellement de l'année, celle du *Miloud* ou de l'anniversaire de la naissance de Mahomet. Chacune de ces fêtes durait huit jours. Pendant ce temps, tout travail cessait, on s'envoyait des présens, on allait se visiter, on immolait des victimes ; et les familles réunies, oubliant leurs différends, se juraient une concorde éternelle, se livraient à tous les plaisirs permis par la loi. La nuit, la ville était illuminée, les rues jonchées de fleurs, les

---

[1] Cardonne, *Histoire d'Afrique et d'Espagne ;* Colmenar, *Délices d'Espagne ;* Duperron, *Voyage d'Espagne ;* Henri Swinburne, *Lettres sur l'Espagne,* etc.

promenades, les places publiques retentissaient du son des cistres, des théorbes, des hautbois. Enfin, pour mieux célébrer la fête, les riches prodiguaient des aumônes, et les bénédictions des pauvres se mêlaient aux cantiques de joie.

Abdérame, élevé dans l'Orient, porta le premier en Espagne le goût de ces fêtes superbes. Réunissant, en sa qualité de calife, l'empire et le sacerdoce, il en régla les cérémonies, et les fit célébrer avec toute la pompe, toute la magnificence des souverains de Damas. Ennemi du christianisme, et comptant beaucoup de Chrétiens parmi ses sujets, il ne les persécuta point ; mais il priva les villes de leurs évêques, les églises de leurs pasteurs ; il encouragea les mariages entre les Maures et les Espagnols, et fit plus de mal à la religion par sa prudente tolérance qu'il n'en eût fait par une cruelle rigueur. Sous son règne, les successeurs de Pélage [1], toujours retirés dans les Asturies, et déjà divisés entre eux, furent forcés de se soumettre au tribut honteux de cent jeunes filles : Abdérame ne leur donna la paix qu'à ce prix. Maître de l'Espagne entière depuis la Catalogne jusqu'aux deux mers, il mourut après trente ans de gloire [2], laissant la

[1] Aurelio et Mauregat.
[2] An de J.-C., 788 ;—de l'hégire, 172.

couronne à son fils Haccham, le troisième de ses onze enfans.

Guerres civiles entre les Maures.

Après la mort d'Abdérame, l'empire des Maures fut troublé par des révoltes, par des guerres entre le nouveau calife, ses frères, ses oncles, ou d'autres princes du sang royal. Ces guerres étaient inévitables dans un gouvernement despotique, où même l'ordre de la succession au trône n'était réglé par aucune loi. Il suffisait, pour y prétendre, d'être de la race royale ; et comme presque toujours les califes laissaient un nombre prodigieux d'enfans, chacun de ces princes se formait un parti, s'établissait dans une ville, s'en déclarait le souverain, et prenait les armes contre le calife. De là cette foule de petits états qui s'élevaient, s'anéantissaient, se relevaient à chaque changement de règne ; de là cette quantité de rois vaincus, déposés, égorgés, qui rendent l'histoire des Maures d'Espagne si difficile à mettre en ordre, et si monotone pour les lecteurs.

Règnes d'Haccham Iᵉʳ et d'Abdélazis.

Haccham, et, après lui, son fils Abdélazis el-Hakkam, se soutinrent dans le califat malgré ces dissensions éternelles. Le premier finit la belle mosquée commencée par Abdérame, et porta ses ar-

mes en France , où ses généraux pénétrèrent jusqu'à Narbonne. Le second, moins heureux, combattit
avec des succès divers contre les Espagnols et contre ses sujets révoltés. Il mourut [1] au milieu des
troubles. Son fils Abdérame lui succéda.

Règne d'Abdérame II.

Abdérame II fut un grand prince ; et cependant
son règne est l'époque où les Chrétiens commencèrent à balancer la puissance des Maures. Ils avaient
su profiter de leurs longues divisions. Alphonse-
le-Chaste , roi des Asturies , monarque politique
et vaillant , avait augmenté ses états et refusé le
tribut des cent jeunes filles. Ramire , successeur
d'Alphonse , soutint cette indépendance , vainquit
plusieurs fois les Musulmans. La Navarre devint
un royaume ; l'Aragon eut ses souverains particuliers , et sut se former un gouvernement où les
droits des peuples étaient respectés(5) ; les gouverneurs de la Catalogne, soumis jusqu'alors aux rois
de France , profitèrent de la faiblesse de Louis-le-
Débonnaire pour se rendre indépendans. Tout le
nord de l'Espagne enfin se déclara l'ennemi des
Maures , et le midi se vit en proie aux irruptions
des Normands.

[1] An de J.-C. , 822 ; — de l'hégire , 206.

Beaux-arts à Cordoue.

Abdérame se défendit contre tant d'adversaires, et mérita par ses talens guerriers le surnom d'*el-Mouzaffer,* qui veut dire *le Victorieux.* Au milieu des guerres, au milieu des soins du gouvernement, il encouragea les beaux-arts, il embellit sa capitale d'une nouvelle mosquée, et fit élever un superbe aquéduc, où, dans des canaux de plomb, les eaux les plus abondantes venaient se répandre par toute la ville. Soigneux d'attirer à sa cour les poëtes, les philosophes, il s'entretenait souvent avec eux, cultivait lui-même les talens qu'il encourageait dans les autres. Son âme sensible avait réuni tous les goûts. Il fit venir de l'Orient le fameux musicien Ali-Zériab, qui, fixé par ses bienfaits en Espagne, y forma l'école célèbre dont les élèves ont fait depuis les délices de toute l'Asie (6). Enfin, sous le règne d'Abdérame, Cordoue devint le séjour des arts, des sciences et des plaisirs. La férocité musulmane fit place à la galanterie dont le calife donnait l'exemple. Une seule anecdote suffira pour prouver combien il était doux et généreux.

Anecdote d'Abdérame.

Un jour une de ses esclaves favorites osa se brouiller avec son maitre, se retira dans son appartement, et jura d'en voir murer la porte plutôt que de l'ouvrir au calife. Le chef des eunuques, épouvanté de ce discours, crut entendre des blasphèmes. Il courut se prosterner devant le prince des croyans, et lui rendit l'horrible propos de cette esclave rebelle. Abdérame, en souriant, lui commanda de faire élever devant la porte de la favorite une muraille de pièces d'argent, et promit de ne franchir cette barrière que quand l'esclave voudrait bien la démolir pour s'en emparer. L'histoire ajoute que, dès le soir même, le calife entra librement chez la favorite apaisée [1].

Ce prince laissa, de ses différentes femmes, quarante-cinq fils et quarante-une filles. Mohammed, l'aîné de ses fils, lui succéda [2].

Règnes de Mohammed, d'Almouzir, et d'Abdalla.

Les règnes de Mohammed et de ses successeurs Almouzir et Abdalla n'offrent, pendant un espace de soixante années, qu'une suite continuelle de troubles, de guerres civiles, de révoltes des principales villes dont les gouverneurs cherchaient à se rendre indépendans. Alphonse-le-Grand, roi des Asturies, profita de ces dissensions pour affermir sa puissance.

[1] Cardonne, *Histoire d'Afrique et d'Espagne*, tome I.
[2] An de J.-C. . 852 ;—de l'hégire, 238.

Les Normands, d'un autre côté, vinrent de nouveau ravager l'Andalousie. Tolède, souvent punie
et toujours rebelle, eut des rois particuliers. Saragosse imita son exemple. L'autorité des califes fut
avilie ; leur empire, ébranlé de toutes parts, paraissait sur le penchant de sa ruine, lorsqu'Abdérame III, neveu d'Abdalla, monta sur le trône de
Cordoue [1] et lui rendit pour quelque temps son
éclat et sa majesté.

Règne d'Abdérame III.

Ce prince, dont le nom chéri des Musulmans
semblait être d'un heureux présage, prit le titre
d'*Emir el-Mumenin* qui signifie *prince des vrais
croyans* [2]. Il commença son règne par des victoires.
Les rebelles, que ses prédécesseurs n'avaient pu
réduire, furent défaits, les factions dissipées, l'ordre et le calme rétablis. Attaqué bientôt par les
Chrétiens, Abdérame implora les secours des Maures d'Afrique, et soutint de longues guerres contre les rois de Léon et les comtes de Castille, qui
lui enlevèrent la ville de Madrid, peu considérable alors.[3] Battu souvent, quelquefois vainqueur,

[1] An de J.-C., 912 ;—de l'hégire, 300.
[2] Nous en avons fait le nom ridicule de *Miramolin*.
[3] An de J. C., 931 ;—de l'hégire, 319.

mais toujours grand et redouté , il sut réparer ses
pertes et profiter de sa fortune. Politique profond,
habile capitaine , il entretint les divisions parmi les
princes espagnols , porta douze fois ses armes jusque dans le centre de leurs états , et , créateur
d'une marine , il s'empara , sur les côtes d'Afrique,
de Seldjemesse et de Ceuta.

Ambassade de l'empereur grec.

Malgré les guerres éternelles qui l'occupèrent
pendant tout son règne , malgré les dépenses énor-
mes que devaient lui coûter ses armées, ses flottes,
les secours qu'il achetait en Afrique , Abdérame
étalait à sa cour un luxe , une magnificence, dont
les détails nous paraîtraient des fables , s'ils n'é-
taient attestés par tous les historiens. L'empereur
grec , Constantin IX , fils de Léon , voulant opposer aux califes abbassides de Bagdad un ennemi capable de leur résister , envoya des ambassadeurs à
Cordoue pour faire alliance avec Abdérame. Celui-
ci , flatté de voir des Chrétiens venir de si loin implorer son appui , déploya dans cette occasion toute
la pompe asiatique. Il envoya jusqu'à Jaën recevoir
les ambassadeurs. Des corps nombreux de cavalerie, magnifiquement habillés , les attendaient
sur le chemin de Cordoue. Une infanterie plus
brillante encore remplissait les avenues du palais.

Les cours étaient couvertes des plus beaux tapis de Perse et d'Égypte, les murailles tendues d'étoffes d'or. Le calife, sur un trône éclatant, environné de sa famille, de ses visirs, d'une foule de courtisans, les reçut dans une galerie où toutes ses richesses étaient étalées. Le *hadjeb*, dignité qui chez les Maures répondait à celle de nos anciens maires du palais, introduisit les ambassadeurs. Éblouis de cet appareil, ils se prosternèrent devant Abdérame, et lui remirent la lettre de Constantin, écrite sur du parchemin bleu, renfermée dans une boîte d'or. Le calife signa le traité, combla de présens les envoyés de l'empereur, et les fit accompagner par une suite nombreuse jusque dans les murs de Constantinople.

Magnificence et galanterie des Maures.

Ce même Abdérame, sans cesse occupé de combats ou de politique, fut amoureux toute sa vie d'une de ses esclaves nommée *Zehra*[1]. Il fonda pour elle une ville à deux milles de Cordoue, et lui donna le nom de *Zehra*. Cette ville détruite à présent, était au pied de hautes montagnes d'où coulaient plusieurs sources d'eau vive qui venaient serpenter dans les rues, répandre partout la fraî-

---

[1] Ce nom signifie *fleur, ornement du monde.*

cheur, et former au milieu des places publiques des fontaines toujours jaillissantes. Les maisons, bâties sur un même modèle, surmontées de plates-formes, étaient accompagnées de jardins remplis de bosquets d'orangers ; et la statue de la belle esclave (7) se distinguait sur la principale porte de cette ville de l'Amour.

Toutes ces beautés étaient effacées par le palais de la favorite. Abdérame, allié des empereurs grecs, leur avait demandé les plus habiles de leurs architectes ; et le souverain de Constantinople, séjour alors des beaux-arts, s'était empressé de les lui envoyer avec quarante colonnes de granit, les plus belles qu'il avait pu rassembler. Indépendamment de ces magnifiques colonnes, l'on en comptait dans ce palais plus de douze cents de marbre d'Espagne ou d'Italie. Les murs du salon nommé *du califat* étaient couverts d'ornemens d'or. Plusieurs animaux du même métal jetaient de l'eau dans un bassin d'albâtre, au-dessus duquel était suspendue la fameuse perle que l'empereur Léon avait donnée au calife comme un inestimable trésor. Les historiens [1] ajoutent que, dans le pavillon où la favorite passait la soirée avec Abdérame, le

[1] Novaïri, *Historia Ommiadarum*, etc. ; Mogrebi, *Histor. Hispan.*

plafond, revêtu d'or et d'acier, était incrusté de pierres précieuses, et qu'au milieu de l'éclat des lumières réfléchies par cent lustres de cristal, une gerbe de vif-argent jaillissait dans un bassin d'albâtre.

On aura peine sans doute à croire de tels récits; on pensera lire des contes orientaux, et l'on m'accusera peut-être d'aller prendre mes mémoires dans les *Mille et une Nuits* : mais tous ces faits, tous ces détails sont attestés par les écrivains arabes, rapportés par M. Cardonne, qui les a lus, comparés avec soin, confirmés par M. Swinburne, Anglais peu crédule et bon observateur. J'avoue que ces monumens, que ce faste, que cette pompe ne ressemblent à rien de ce que nous connaissons ; et je sais que la plupart des hommes, mesurant toujours leur foi sur leurs connaissances acquises, croient à fort peu de chose : mais les détails que nous trouvons, dans des auteurs authentiques [1] sur le luxe, la magnificence des souverains de l'Asie, sont au moins aussi étonnans ; et j'ose le demander, si par un tremblement de terre les pyramides d'Égypte eussent été détruites, croirions-nous les historiens qui nous en donnent les justes dimensions?

[1] Bernier , Thomas Rhoé . Marc Paul , Duhalde , etc.

Les écrivains d'où j'ai tiré ces détails rapportent aussi les sommes que coûtèrent à élever ce
palais et cette ville de Zehra : elles se montèrent par
an à trois cent mille *dinars* d'or [1], et vingt-cinq
ans suffirent à peine pour achever ces travaux.

A ces frais immenses il faut ajouter l'entretien
d'un sérail dont les femmes, les concubines, les
esclaves, les eunuques noirs et blancs, formaient
un nombre de six mille trois cents personnes. Les
officiers de la maison du calife, les chevaux destinés pour lui, étaient dans une égale proportion.
Douze mille cavaliers composaient sa seule garde;
et si l'on réfléchit qu'Abdérame, dans un état de
guerre continuel avec les princes espagnols, fut
obligé d'avoir sans cesse sur pied de nombreuses
armées, d'entretenir une marine, d'acheter souvent des stipendiaires en Afrique, et de fortifier
des places sur des frontières toujours menacées,
on aura peine à comprendre comment ses revenus lui suffisaient. Mais ses ressources étaient immenses; et le souverain de Cordoue était peut-
être le roi de l'Europe le plus riche et le plus
puissant (8).

---

[1] En n'évaluant le dinar qu'à dix livres, cela fait en tout
soixante-quinze millions de notre monnaie.

Richesses du calife de ordoue.

Il possédait le Portugal, l'Andalousie, les royaumes de Grenade, de Murcie, de Valence, la plus
grande partie de la nouvelle Castille, c'est-à-dire
les plus beaux pays de l'Espagne. Ces provinces
alors étaient extrêmement peuplées, et les Maures avaient porté l'agriculture au dernier point de
perfection. Les historiens nous assurent que, sur
les bords du Guadalquivir, il existait douze mille
villages; qu'un voyageur ne pouvait marcher un
quart d'heure dans la campagne sans rencontrer
quelque hameau. On comptait dans les états du
calife quatre-vingts grandes villes, trois cents du
second ordre, un nombre infini de bourgs. Cordoue, la capitale, renfermait dans ses murs deux
cent mille maisons[1], neuf cents bains publics. Tout
a bien changé depuis l'expulsion des Maures. La
raison en est simple: les Maures, vainqueurs des Espagnols, ne persécutèrent point les vaincus; les
Espagnols, vainqueurs des Maures, les ont persé-
cutés et chassés.

On fait monter les revenus des califes de Cordoue à douze millions quarante-cinq mille *din rs*
d'or; ce qui fait plus de cent trente millions de
notre monnaie. Indépendamment de cet or, beau-

[1] Ces maisons ne contenaient jamais qu'une famille.

coup d'impôts se payaient en fruit de la terre ; et chez un peuple agriculteur, laborieux , possesseur du pays le plus fertile du monde, cette richesse est incalculable. Les mines d'or et d'argent, de tout temps communes en Espagne, étaient une nouvelle source de trésors. Le commerce enrichissait le peuple et le souverain ; ce commerce avait plusieurs branches : les soies, les huiles, le sucre, la cochenille, le fer, la laine, très-estimée dès ce temps-là, l'ambre gris, le karabé, l'aimant, l'antimoine, le talc, la marcassite, le cristal de roche, le soufre, le safran, le gingembre, le corail péché sur les côtes de l'Andalousie, les perles sur celles de Catalogne ; les rubis, dont on avait découvert deux mines, l'une à Malaga, l'autre à Beja ; toutes ces productions du sol, avant ou après avoir été mises en œuvre étaient transportées en Afrique, en Égypte, dans l'Orient. Les empereurs de Constantinople, toujours alliés nécessaires des califes de Cordoue, favorisaient ces différens commerces ; et l'étendue immense des côtes, le voisinage de l'Afrique, de l'Italie, de la France, contribuaient à les rendre plus florissans.

Beaux-arts cultivés à Cordoue.

Les arts, enfans du commerce et qui nourrissent leur père, ajoutèrent un nouvel éclat au régne brillant d'Abdérame. Les palais, les jardins qu'il construisait, les fêtes magnifiques de sa cour, attiraient de toutes parts les architectes, les artistes. Cordoue était le centre de l'industrie et l'asile des sciences. La géométrie, l'astronomie, la chimie, la médecine, avaient des écoles célèbres qui produisirent, un siècle après, Averroès et Abenzoar. Les poëtes, les philosophes, les médecins arabes étaient si renommés, qu'Alphonse-le-grand, roi des Asturies, voulant confier son fils Ordogno à des hommes capables d'instruire un prince, fut obligé, malgré la différence des religions, malgré la haine des Chrétiens pour les Musulmans, d'appeler près de lui deux précepteurs maures ; et l'un des successeurs de cet Alphonse, Sanche-le-gros, roi de Léon, attaqué d'une hydropisie que l'on regardait comme mortelle, n'hésita pas à venir à Cordoue, chez Abdérame son ennemi, se livrer à ses médecins[1]. Sanche fut guéri. Ce trait singulier fait autant d'honneur aux savans arabes qu'à la générosité du calife et à la confiance du roi Chrétien.

Tel fut l'état de Cordoue sous le règne d'Abdérame III. Il occupa le trône plus de cinquante ans ; l'on a pu voir si ce fut avec gloire. Mais rien ne

[1] Mariana, Ferreras, Garibai, etc. *Histoire d'Espagne.*

prouvera peut-être combien ce prince était au-dessus des autres rois, comme l'écrit que l'on trouva dans ses papiers après sa mort. Voici cet écrit tracé de sa main :

« Cinquante ans se sont écoulés depuis que je « suis calife. Richesses, honneurs, plaisirs, j'ai « joui de tout, j'ai tout épuisé. Les rois mes rivaux « m'estiment, me redoutent et m'envient. Tout ce « que les hommes désirent m'a été prodigué par « le ciel. Dans ce long espace d'apparente félicité, « j'ai calculé le nombre de jours où je me suis « trouvé heureux : ce nombre se monte à quator- « ze. Mortels, appréciez la grandeur, le monde et « la vie. »

Ce monarque eut pour successeur [1] son fils aîné Aboul-Abbas-el-Hakkam, qui prit ainsi que son père, le titre d'*Emir el-Mumenin*.

Règne d'Hakkam II.

Le couronnement d'Hakkam se fit avec une grande pompe dans la ville de Zehra. Le nouveau calife reçut le serment de fidélité des chefs de la garde scythe, corps d'étrangers redoutable et nombreux, qu'Abdérame avait créé. Les frères, les parens d'Hakkam, les visirs et leur chef l'*hadjeb*, les eunuques noirs et blancs, les archers, les cui-

---

[1] An de J.-C., 961 ;—de l'hégire, 350.

rassiers de la garde, jurèrent d'obéir au monarque.
Cette cérémonie fut terminée par les funérailles
d'Abdérame, dont on porta le corps à Cordoue
dans le tombeau de ses aïeux.

Hakkam, moins guerrier que son père, mais
aussi sage, aussi habile, jouit de plus de tranquillité. Son règne fut celui de la justice et de la paix.
Les exploits, la vigilance d'Abdérame, avaient éteint
les révoltes. Les rois chrétiens, divisés entre eux,
ne songèrent pas à troubler les Maures. La trève
conclue avec la Castille et Léon ne fut rompue
qu'une seule fois. Le calife, qui commanda lui-
même son armée, fit une campagne glorieuse, prit
plusieurs villes aux Espagnols. Pendant le reste
de son règne, Hakkam s'appliqua tout entier à
rendre ses sujets heureux, à cultiver les sciences,
à rassembler dans son palais une immense quantité
de livres, surtout à faire respecter les lois. Ces
lois étaient simples et peu nombreuses.

Lois et justice des Maures.

Il ne paraît pas que chez les maures il y eût un
code civil autre que le code religieux. La jurisprudence se réduisait à l'application des principes
contenus dans l'Alcoran. Le calife, comme chef
suprême de la religion, pouvait bien les interpré-

ter, mais il n'eût osé les enfreindre. Toutes les semaines, au moins une fois, dans une audience publique, il écoutait les plaintes de ses sujets, interrogeait les coupables, et, sans quitter son tribunal, les faisait aussitôt punir. Les gouverneurs nommés par lui dans les villes, dans les provinces, commandaient au militaire, percevaient les revenus publics, administraient la police, et répondaient des délits arrivés dans leurs gouvernemens. Des hommes publics versés dans les lois remplissaient les fonctions de notaires, donnaient une forme juridique aux actes qui assuraient les propriétés ; et lorsqu'il s'élevait des procès, des magistrats appelés *cadis,* respectés du peuple et du souverain, pouvaient seuls en être les juges. Mais ces procès n'étaient jamais longs : les avocats, les procureurs, étaient inconnus ; point de dépens , point de chicane. Les parties plaidaient elles-mêmes, et les arrêts du cadi s'exécutaient sur-le-champ.

La jurisprudence criminelle n'était guère plus compliquée : elle employait presque toujours la peine du talion, ordonnée par le prophète. Les riches pouvaient, à la vérité, racheter avec de l'argent le sang qu'ils avaient versé ; mais il fallait pour cela que les parens du mort y consentissent : le calife lui-même n'aurait osé leur refuser la tête de son fils coupable d'homicide, s'ils s'étaient obstinés à la demander.

Autorité des pères et des vieillards.

Ce code si simple pouvait ne pas suffire ; mais la suprême autorité des pères sur les enfans, des époux sur les épouses, suppléait aux lois qui manquaient. Les Arabes avaient conservé de leurs anciennes mœurs patriarcales ce respect, cette soumission, cette obéissance passive de la famille pour son chef. Chaque père, dans sa maison, avait presque les droits du calife ; il jugeait sans appel les querelles entre ses femmes, entre ses fils ; il punissait sévèrement les moindres fautes, et pouvait même punir de mort certains crimes. La vieillesse seule donnait cet empire. Un vieillard était un objet sacré. Sa présence arrêtait les désordres ; le jeune homme le plus fougueux baissait les yeux à sa rencontre, écoutait patiemment ses leçons, et croyait voir un magistrat à l'aspect d'une barbe blanche.

Cette puissance des mœurs, qui vaut mieux que celle des lois, se soutint long-temps à Cordoue. Le sage Hakkam ne l'affaiblit pas : on en jugera par le trait suivant.

Trait de justice d'Hakkam.

Une pauvre femme de Zehra possédait un petit champ contigu aux jardins du calife. Hakkam voulut bâtir un pavillon dans ce champ, et fit proposer à cette femme de le lui vendre. Celle-ci refusa toutes les offres, en déclarant qu'elle ne renoncerait jamais à l'héritage de ses pères. Hakkam sans doute ne fut pas informé de la résistance de cette femme. L'intendant des jardins, en digne ministre d'un roi despote, s'empara du champ par force, et le pavillon fut bâti. La pauvre femme au désespoir courut à Cordoue raconter son malheur au cadi Béchir, et le consulter sur ce qu'elle devait faire. Le cadi pensa que le prince des croyans n'avait pas plus qu'un autre le droit de s'emparer du bien d'autrui ; et il s'occupa des moyens de lui rappeler cette vérité, que les meilleurs princes peuvent oublier un moment.

Un jour qu'Hakkam, environné de sa cour, était dans le beau pavillon bâti sur le terrain de la pauvre femme, on vit arriver le cadi Béchir monté sur son âne, portant dans ses mains un sac vide. Le calife étonné lui demanda ce qu'il voulait. Prince des fidèles, répond Béchir, je viens te demander la permission de remplir ce sac de la terre que tu foules à présent à tes pieds. Hakkam

y consent avec joie ; le cadi remplit son sac de terre.
Quand il fut plein, il le laisse debout, s'approche
du calife, et le supplie de mettre le comble à sa
bonté en l'aidant à charger ce sac sur son âne.
Hakkam s'amuse de la proposition, l'accepte, et
vient pour soulever le sac. Mais, pouvant à peine
le mouvoir, il le laisse tomber en riant, et se plaint
de son poids énorme. Prince des croyans, dit alors
Béchir avec une imposante gravité, ce sac que tu
trouves si lourd ne contient pourtant qu'une petite parcelle du champ usurpé par toi sur une de
tes sujettes ; comment soutiendras-tu le poids de
ce champ quand tu paraîtras devant le grand juge,
chargé de cette iniquité ? Hakkam, frappé de cette
image, courut embrasser le cadi, le remercia, reconnut sa faute, et rendit sur l'heure à la pauvre
femme le champ dont on l'avait dépouillée, en y
joignant le don du pavillon et des richesses qu'il
contenait.

Un despote capable d'une telle action ne le cède
qu'au cadi qui le força de la faire.

Hakkam mourut après quinze ans de règne [1].
Son fils Haccham lui succéda.

---

[1] An de J.-C., 976 ;—de l'hégire, 366.

Règne d'Haccham II. Victoires d'Almanzor.

Ce prince était enfant quand il monta sur le trône. Son enfance dura toute sa vie. Pendant et après sa minorité, un Maure célèbre, nommé Mahomet Almanzor, revêtu de l'importante charge d'*hadjeb*, gouverna l'état avec gloire. Cet Almanzor, qui réunissait au génie d'un homme d'état les talens d'un grand capitaine, cet Almanzor, le plus redoutable, le plus fatal ennemi qu'eussent encore combattu les chrétiens, régna pendant vingt-six ans sous le nom de l'indolent Haccham. Il porta cinquante-deux fois la guerre dans la Castille ou les Asturies, prit et saccagea les villes de Barcelone, de Léon [1], pénétra jusqu'à Compostelle, détruisit sa fameuse église, dont il rapporta les dépouilles à Cordoue, rendit quelques momens aux Arabes leur première force, leur ancienne énergie, et fit respecter de toute l'Espagne le faible calife son maître, qui, pendant ce temps, s'endormait au milieu des femmes et des plaisirs (9).

Mais cet éclat fut le dernier dont brilla l'empire des Ommiades. Les rois de Léon, de Navarre, et

---

[1] An de J.-C., 985, 996, 997; — de l'hégire, 375, 387, 388.

le comte de Castille, se réunirent pour résister au redoutable Almanzor [1]. La bataille se donna non loin de Médina-Celi : elle fut longue, sanglante et douteuse. Les Maures, effrayés de leur perte, prirent la fuite après le combat. Almanzor, à qui cinquante ans de victoires avaient persuadé qu'il était invincible, mourut de douleur de ce premier revers. Avec ce grand homme périt la fortune des Arabes. Depuis ce jour les Espagnols s'agrandirent sur leurs débris.

Troubles à Cordoue. Fin du califat.

Les fils d'Almanzor successivement remplacèrent leur illustre père. En héritant de sa puissance, ils n'héritèrent pas de ses talens. Les factions se renouvelèrent. Un parent du calife prit les armes [2] et s'empara de la personne d'Haccham, qu'il n'osa pourtant immoler. Il l'enferma dans une prison en répandant le bruit de sa mort. Ces nouvelles parvinrent en Afrique; un prince ommiade accourt avec des troupes, sous prétexte de venger Haccham. Le comte de Castille s'unit avec lui. La guerre civile s'allume dans Cordoue. Elle embrasa toute l'Espagne, et les princes chrétiens

[1] An de J.-C., 998;—de l'hégire, 389.
[2] An de J.-C., 1005;—de l'hégire, 396.

reprirent alors les villes qu'Almanzor leur avait
ôtées. L'imbécile Haccham, jouet de tous les partis, fut replacé sur le trône, et bientôt après
forcé d'y renoncer pour échapper à la mort. Une
foule de conjurés [1] furent tour à tour proclamés
califes, et tour à tour déposés, empoisonnés ou
égorgés. Un dernier rejeton de la race des Ommiades, Almundir, osa revendiquer ses droits au
milieu des troubles et des combats. Ses amis lui
représentèrent les périls qu'il allait courir. Que
je règne un jour, leur répondit-il, et que le lendemain j'expire, je ne me plaindrai point de mon
sort. Ses désirs ne furent pas accomplis : il fut
massacré sans être calife. D'autres usurpateurs se
succédèrent et ne régnèrent que peu de momens.
Jalmar-ben-Mohammed fut le dernier [2]. En lui
finit l'empire des califes d'Occident, que la dynastie
des Ommiades avait occupé pendant trois siècles.
Avec ces princes s'anéantirent la force et la gloire
de Cordoue. Les gouverneurs des différentes villes
sujettes de cette cité profitèrent de ces temps d'a-
narchie pour s'ériger en souverains. Cordoue ne
fut même plus la capitale d'un royaume ; elle con-

---

[1] Mahadi, Suleiman, Ali, Abdérame IV, Casim, Jahiah,
Haccham III, Mohammed, Abdérame V, Jahiah II, Haccham IV, Jalmar-ben-Mohammed.

[2] An de J.-C., 1027 ; — de l'hégire, 419.

serva seulement la suprématie religieuse qu'elle devait à sa mosquée. Affaiblis par leurs divisions, les Maures, soumis à tant de monarques, ne purent résister aux Espagnols. Cette troisième époque de leur histoire n'offrira plus que leur décadence.

———

TROISIÈME ÉPOQUE.

LES PRINCIPAUX ROYAUMES ÉLEVÉS SUR LES RUINES DU CALIFAT.

Depuis le commencement du onzième siècle jusqu'au milieu
du treizième.

Dès le commencement du onzième siècle, lorsque le trône de Cordoue était chaque jour teint du sang d'un nouvel usurpateur, les gouverneurs des principales villes, comme nous l'avons déjà dit, s'étaient arrogé le titre de rois. Tolède, Saragosse, Séville, Valence, Lisbonne, Huesca, plusieurs autres places moins considérables eurent leurs souverains particuliers. L'histoire de ces nombreux monarques serait presque aussi fatigante pour le lecteur que pour l'écrivain : elle ne présente pendant deux cents ans que des massacres continuels, des forteresses prises, reprises, des pillages, des séditions, quelques exploits et beaucoup de crimes. Je passerai rapidement sur ces deux siècles de malheurs, en me contentant d'indiquer la fin de ces petites monarchies.

État de l'Espagne chrétienne.

L'Espagne chrétienne dans le même temps nous offre à peu près les mêmes tableaux. Les rois de Léon, de Navarre, de Castille, d'Aragon, presque tous parens et quelquefois frères, ne s'en égorgent pas moins entre eux. La différence des religions ne les empêche pas de s'unir aux Maures pour accabler d'autres Chrétiens ou d'autres Maures leurs ennemis. Ainsi, dans une bataille que se livrent les Musulmans [1], on trouve parmi les morts un comte d'Urgel et trois évêques de Catalogne (1); ainsi le roi de Léon, Alphonse V, donne sa sœur Thérèse en mariage au roi de Tolède Abdalla pour s'en faire un allié contre la Castille; les fils de Sanche-le-Grand [2] s'arrachent à main armée l'héritage que leur père leur avait assigné; les enfans du fameux Ferdinand [3] sont dépouillés [4] par leur frère Sanche; un autre Sanche [5], roi de Navarre, est assassiné par le sien [6]. Chez les Chrétiens comme chez les Maures, les crimes se multiplient; les guerres civiles, étrangères, domestiques, déchirent

[1] An de J.-C., 1010 et suiv.
[2] An de J.-C., 1054.
[3] Ferdinand Ier, de Castille.
[4] An de J.-C., 1070.
[5] Sanche IV de Navarre.
[6] An de J.-C., 1076.

à la fois l'Espagne; et les peuples, toujours malheureux, paient de leurs biens, de leur sang, les
forfaits de leurs souverains.

Royaume de Tolède. Sa fin.

Dans cette longue suite d'événemens déplora-
bles, on aime à voir un roi de Tolède nommé Almamon, un roi de Séville nommé Benabad donner
un asile dans leur cour, l'un au jeune Alphonse,
roi de Léon, l'autre à l'infortuné Garcie, roi de
Galice, tous deux chassés de leurs états par leur
frère Sanche de Castille [1]. Sanche poursuivait ses
frères comme ses plus cruels ennemis; et les monarques maures, ennemis naturels de tous les
Chrétiens, reçurent ces deux princes comme des
frères. Almamon surtout prodigua les soins les plus
tendres au malheureux Alphonse : il s'occupa de
lui procurer à Tolède tous les plaisirs qui pouvaient
le consoler de la perte de son trône ; il lui donna
des revenus, le traita comme un fils chéri. Bientôt
la mort du barbare Sanche rendit Alphonse héritier de Léon et de la Castille [2] : le généreux Almamon, qui tenait alors dans ses mains le roi de ses
ennemis, l'accompagna jusqu'à la frontière, le

---

[1] An de J.-C. , 1071 et suiv. ;—de l'hégire , 465 et suiv.
[2] An de J.-C. , 1072;—de l'hégire , 466.

combla de présens, de caresses, lui offrit ses troupes et ses trésors. Tant que cet Almamon vécut, Alphonse IV n'oublia point ses bienfaits : il conserva la paix avec lui, le secourut contre le roi de Séville, et traita de même son fils Haccham , successeur du bon Almamon. Mais, après un règne assez court, Haccham laissa le trône de Tolède à son jeune frère Jahiah. Ce prince mécontenta les Chrétiens, qui étaient en grand nombre dans sa ville : ils prièrent en secret Alphonse de venir attaquer Jahiah. Le souvenir d'Almamon fit longtemps hésiter Alphonse. La reconnaissance lui défendait d'écouter les conseils de l'ambition : la reconnaissance fut la plus faible. Alphonse vint camper devant Tolède. Après un siége long et célèbre , où s'empressèrent d'accourir plusieurs guerriers navarrois et français, Tolède enfin capitula[1]. Le vainqueur permit au fils d'Almamon d'aller régner à Valence : il s'engagea par serment à conserver aux Maures leurs mosquées, et ne put empêcher les Chrétiens de violer bientôt cette promesse.

Succès des Chrétiens. Le Cid.

Telle fut la fin du royaume et des rois maures

---

[1] An de J.-C. , 1085 ,—de l'hégire , 478.

de Tolède. Cette ancienne capitale des Goths appartenait aux Arabes depuis trois cent soixante et
douze ans. Plusieurs autres villes, moins puissantes,
ne tardèrent pas à subir le joug. Les rois d'Aragon,
de Navarre, les comtes de Barcelone, harcelaient,
assiégeaient sans cesse les petits princes musulmans restés dans le nord de l'Espagne. Les rois de
Castille et de Léon occupaient assez ceux du midi
pour les empêcher de secourir leurs frères. Le Cid
surtout, le fameux Cid, suivi d'une troupe invincible que sa gloire seule avait rassemblée, courait,
volait dans les Espagnes, faisant triompher les
Chrétiens, combattant même pour les Maures
quand les Maures se déchiraient entre eux, et portant toujours la victoire dans le parti qu'il daignait
choisir. Ce héros, le plus estimable peut-être de
tous ceux que l'histoire a célébrés, puisque sa
grande âme fut toujours pure, puisqu'à ses talens
guerriers il sut réunir les vertus morales ; ce simple chevalier castillan, à qui son nom seul donna
des armées, se vit le maitre de plusieurs villes,
aida le roi d'Aragon à s'emparer d'Huesca [1], et
conquit seul avec ses hommes d'armes le royaume
de Valence. Aussi puissant que son souverain, dont
il eut souvent à se plaindre, envié, persécuté par

---

[1] An de J.-C., 1094 ; — de l'hégire, 487.

des courtisans jaloux, il n'oublia jamais un moment qu'il était sujet du roi de Castille. Exilé, banni de sa cour, et même de ses états, il allait, avec ses braves compagnons, attaquer, vaincre les Maures, et il envoyait les vaincus rendre hommage au roi qui l'avait banni. Rappelé bientôt près d'Alphonse par le besoin qu'on avait de son bras, le Cid quittait ses conquêtes, et, sans demander de réparation, revenait défendre ses persécuteurs : toujours prêt, dans sa disgrâce, à tout oublier pour son roi, toujours prêt, dans sa faveur, à lui déplaire pour la vérité (2).

Tant que le Cid put combattre, les Chrétiens eurent l'avantage : mais peu d'années avant sa mort, arrivée en 1099, les Maures d'Andalousie changèrent de maîtres, et devinrent pour quelques instans plus redoutables que jamais.

Royaume de Séville.

Depuis la chute de Tolède, Séville s'était élevée. Les souverains de cette ville, possesseurs de l'ancienne Cordoue, l'étaient encore de l'Estramadure et d'une partie du Portugal. Benabad, roi de Séville, et l'un des meilleurs princes de ce siècle, était alors le seul ennemi qui pût inquiéter la Castille. Alphonse IV voulut s'allier avec ce Maure puissant : il lui demanda sa fille en mariage, l'obtint, et reçut plusieurs places pour sa dot. Cet hymen extraordinaire, qui semblait assurer la paix entre les deux nations, devint la cause ou le prétexte de nouveaux combats.

[Les Almoravides règnent en Afrique.

L'Afrique, après avoir été démembrée du vaste empire des califes d'Orient par les califes fatimites; après avoir, pendant trois siècles de guerres civiles, appartenu successivement à des vainqueurs plus féroces, plus sanguinaires que les lions de ses déserts (3), l'Afrique venait d'être asservie par la famille des Almoravides, tribu puissante, originaire de l'Égypte. Joseph-ben-Tessefin, second prince de cette dynastie, venait de fonder l'empire et la ville de Maroc. Doué de quelques talens pour la guerre, orgueilleux de sa puissance et brûlant de l'augmenter, Joseph regardait d'un œil d'envie les beaux climats de l'Espagne conquis autrefois par des Africains.

Conquêtes des Almoravides en Espagne.

Quelques historiens prétendent que le roi de Castille Alphonse IV, et son beau-père Benabad, roi de Séville, ayant formé le projet de se partager l'Espagne entière, firent la faute capitale d'appeler les Maures d'Afrique pour les aider dans ce grand projet. D'autres auteurs, appuyés sur des raisons plus plausibles, disent que les petits rois musulmans, voisins ou tributaires de Benabad, justement alarmés de son alliance avec un Chrétien, sollicitèrent l'appui de l'Almoravide. Quoi qu'il en soit, l'ambitieux Joseph saisit cette heureuse occasion : il passa la mer avec une armée[1], vint attaquer aussitôt Alphonse, et le vainquit dans une bataille. De là, tournant ses armes contre Benabad, Joseph prit Cordoue, assiégea Séville, et se préparait à donner l'assaut, lorsque le vertueux Benabad, sacrifiant sa couronne et même sa liberté pour sauver ses sujets des horreurs du pillage, vint se remettre avec sa famille, composée de cent enfans, à la discrétion de l'Almoravide. Ce barbare eut l'atrocité de le faire charger de chaines ; et, redoutant jusqu'aux vertus qui rendaient ce bon roi si cher à son peuple, il l'envoya finir ses jours dans une prison d'Afrique, où ses filles étaient obligées de travailler de leurs mains pour nourrir leur père et leurs frères. L'infortuné Benabad vécut six ans en prison, ne regrettant le trône que pour son peuple, ne supportant la vie que pour ses enfans, et composant dans ses longs loisirs des poésies

[1] An de J.-C., 1097 ; — de l'hégire, 490.

qu'on a conservées, où il console ses filles, où il
rappelle sa grandeur passée, et se donne en
exemple aux rois qui osent compter sur la fortune[1].

Des princes français viennent en Espagne.

Joseph, maître de Séville et de Cordoue, ne
tarda pas à soumettre les autres petits états musulmans. Les Maures, réunis sous un seul monarque aussi puissant que Joseph, menaçaient de
redevenir ce qu'ils avaient été sous leurs califes.
Les princes espagnols le sentirent ; et, suspendant
leurs querelles particulières, ils se joignirent avec
Alphonse pour résister aux Africains. C'était le
temps où le fanatisme de la religion et de la gloire
faisait tout quitter aux guerriers de l'Europe pour
aller combattre les infidèles. Raimond de Bourgogne et son parent Henri, tous deux princes du
sang de France, Raimond de Saint-Gilles, comte
de Toulouse, d'autres chevaliers leurs vassaux,
franchirent les Pyrénées, et vinrent se ranger sous
les drapeaux du roi de Castille. Joseph fut forcé
de fuir et repassa bientôt la mer. Le reconnaissant
Alphonse donna ses filles pour récompense aux
Français qui l'avaient secouru : l'aînée, Urraque,
épousa Raimond de Bourgogne, et en eut un fils

[1] Cardonne, *Histoire d'Afrique.*

qui depuis hérita de la Castille ; Thérèse devint femme de Henri, en lui apportant pour dot les terres qu'il avait conquises et qu'il pourrait conquérir en Portugal : ce fut là l'origine de ce royaume ; Elvire fut donnée à Raimond, comte de Toulouse, qui l'emmena dans la Terre-Sainte, où sa valeur fonda des états.

Fin du royaume de Saragosse. Fondation du royaume de Portugal.

Excités par ces exemples, d'autres Français vinrent peu après aider le Roi d'Aragon, Alphonse-le-Batailleur, à se rendre maître de Saragosse, et à détruire pour toujours cet ancien royaume des Maures[1]. Le fils de Henri de Bourgogne, Alphonse Ier, roi de Portugal, prince renommé par sa valeur, profita d'une flotte d'Anglais, de Flamands et de Germains, qui allaient à la Terre-Sainte, pour mettre le siége devant Lisbonne[2]. Il emporta d'assaut cette forte place, dont il fit la capitale de son nouveau royaume. Pendant ce temps, les rois de Castille et de Navarre étendaient leurs conquêtes dans l'Andalousie ; les Maures étaient partout battus, leurs villes se rendaient de toutes parts, sans que les Almoravides fissent de

---

[1] An de J.-C., 1118 ;—de l'hégire, 512.
[2] An de J.-C., 1147 ;—de l'hégire, 542.

grands efforts pour les secourir. Ces princes étaient alors occupés dans leurs foyers à combattre de nouveaux sectaires, dont le chef, nommé Tom-rut, sous prétexte de ramener les peuples à la doctrine pure de Mahomet, se frayait un chemin au trône, et finit, après bien des combats, par en chasser les Almoravides. Maîtres de Maroc et de Fez, les vainqueurs, selon l'usage d'Afrique, ex-terminèrent la race entière des vaincus[1], et fon-dèrent une nouvelle dynastie connue sous le nom des Almohades.

État des beaux-arts chez les Maures.

Au milieu de ces divisions, de ces guerres, de ces combats, les beaux-arts se cultivaient encore à Cordoue. Ils n'étaient plus dans cette ville dé-chue ce qu'ils avaient été sous les Abdérames : mais les écoles de philosophie, de poésie, de mé-decine, subsistaient toujours; et ces écoles, dans le douzième siècle, produisirent plusieurs hommes célèbres, parmi lesquels se distinguèrent le savant Abenzoar et le fameux Averroès. Le premier, également habile dans la médecine, dans la phar-macie, dans la chirurgie, vécut, dit-on, cent trente-cinq ans, et nous a laissé des ouvrages es-

---

[1] An de J.-C., 1149 ;—de l'hégire, 544.

timés. Le second, médecin, comme lui, mais de plus philosophe, poëte, jurisconsulte, commentateur, s'acquit une grande réputation que les siècles ont confirmée. Le partage qu'il fit de sa vie donne à réfléchir à l'esprit: dans sa jeunesse, il aima tous les plaisirs et fut passionné pour la poésie ; dans l'âge mûr, il brûla les vers qu'il avait faits, étudia la législation, et remplit la charge de juge ; devenu plus vieux, il quitta cette place pour se livrer à la médecine, dans laquelle il obtint de très-grands succès ; enfin la philosophie remplaça seule ses premiers goûts et l'occupa tout entier jusqu'à la fin de ses jours. Averroès fut le premier qui répandit chez les Maures le goût de la littérature grecque : il traduisit en arabe et commenta les œuvres d'Aristote ; il écrivit plusieurs autres livres de philosophie, de médecine, et jouit de la double gloire d'éclairer les hommes et de les servir (4).

Divisions parmi les Chrétiens et parmi les Maures

Tant que l'Afrique, déchirée par la longue guerre des Almoravides et des Almohades, ne put s'opposer aux progrès des Espagnols, ceux-ci, profitant de ces troubles, étendirent leurs conquêtes dans l'Andalousie. Si leurs princes, moins désunis, avaient agi de concert, ils seraient parvenus, dès cette époque, à chasser les Musulmans de toute l'Espagne : mais ces princes, toujours divisés, avaient à peine gagné quelques villes, qu'ils se les disputaient entre eux. Le nouveau royaume de Portugal, conquis par la valeur d'Alphonse, fut bientôt en guerre avec celui de Léon[1]. L'Aragon et la Castille, après des querelles sanglantes, se liguèrent contre la Navarre. Sanche VIII, roi de ce petit état, fut forcé d'aller en Afrique implorer le secours des Almohades, qui, récemment établis sur le trône de Maroc, avaient encore à dissiper les restes du parti des Almoravides, et ne pouvaient, malgré leur envie, faire valoir leurs droits sur l'Espagne. Cependant deux rois almohades, nommés tous les deux Jacob, passèrent plusieurs fois la mer avec de fortes armées. L'un, battu par les Portugais[2], ne survécut pas à sa défaite ; l'autre, vainqueur des Castillans, accepta bientôt une trève, et se hâta de retourner à Maroc[3], où de nouveaux troubles le rappelaient. Ces inutiles victoires, ces efforts mal soutenus n'accablaient ni les Musulmans ni les Chrétiens : des deux côtés, les vaincus rentraient bientôt en campagne, les traités étaient oubliés, et les monarques de Maroc, quoique regardés comme sou-

[1] An de J.-C., 1178 et suiv.
[2] An de J.-C., 1184 ;—de l'hégire, 580.
[3] An de J.-C., 1195 ;—de l'hégire, 591.

verains de l'Andalousie, n'avaient pourtant dans ce pays qu'une autorité précaire, toujours contestée dès qu'ils étaient éloignés, toujours reconnue dès que le besoin forçait les Maures andalous de recourir à leur protection.

Les Africains viennent attaquer l'Espagne.

Enfin Mahomet *el-Nazir*, le quatrième prince de la dynastie des Almohades, que les Espagnols appellent *le Vert*, de la couleur de son turban, se voyant possesseur paisible de l'empire des Maures en Afrique, résolut de rassembler toutes ses forces, de les porter en Espagne[1], et d'y renouveler l'ancienne conquête de Tarik et de Moussa. La guerre sainte est proclamée : une foule innombrable de guerriers rendus sous les enseignes de Mahomet, part avec lui des rives d'Afrique, arrive en Andalousie. Là, leur nombre est presque doublé par les Maures espagnols, que la haine du nom chrétien, le souvenir de tant d'injures, font accourir auprès de leurs frères. Mahomet, plein de confiance, leur annonce une victoire sûre, leur promet de les rendre maîtres de tous les pays qu'ils possédaient jadis ; et brûlant d'en venir aux mains, il s'avance vers la Castille à

[1] An de J.-C. , 1211 ;—de l'hégire , 608.

VI. OEUVRES DE FLORIAN. 11

la tête de cette formidable armée, qui, au rapport des historiens, passait six cent mille soldats.

Le roi de Castille Alphonse-le-Noble, averti des préparatifs de l'empereur de Maroc, avait imploré les secours des princes chrétiens de l'Europe. Le pape Innocent III publia la croisade, prodigua les indulgences; et Rodrigue, archevêque de Tolède, qui lui-même avait fait le voyage de Rome pour solliciter le souverain pontife, en repassant par la France prêcha les peuples sur sa route, et engagea plusieurs chevaliers à venir combattre les Musulmans. Le rendez-vous général fut à Tolède, où l'on vit arriver bientôt plus de soixante mille croisés d'Italie et surtout de France, qui se joignirent aux Castillans [1]. Le roi d'Aragon Pierre II, le même qui périt depuis dans la guerre des Albigeois, amena sa vaillante armée. Sanche VIII, roi de Navarre, ne tarda pas à paraître avec ses braves Navarrois. Les Portugais, qui venaient de perdre leur prince, envoyèrent leurs meilleurs guerriers. Toute l'Espagne enfin prit les armes : il s'agissait de sa destinée ; jamais, depuis le roi Rodrigue, les Chrétiens ne s'étaient trouvés dans un aussi pressant danger.

[1] An de J.-C., 1212 ;—de l'hégire, 609.

Bataille de Toloza.

Ce fut au pied des montagnes appelées *la Sierra-Morena*, dans un lieu nommé *las Navas de Toloza*, que les trois princes espagnols se rencontrèrent avec les Maures. Mahomet s'était rendu maître des gorges par où les Chrétiens devaient passer. Son dessein était, ou de les forcer de retourner en arrière, ce qui les exposait à manquer de vivres, ou de les écraser dans ce passage s'ils avaient l'audace de s'y présenter. Les rois embarrassés tinrent conseil. Alphonse voulait combattre ; Pierre et Sanche étaient d'avis de se retirer. Un berger vint leur indiquer un défilé qu'il connaissait. Ce fut le salut de l'armée. Ce berger guida les rois ; et, par des sentiers difficiles, à travers les rocs, les torrens, les Espagnols gravirent enfin jusqu'à la cime des monts. Là, se montrant tout à coup aux yeux des Maures étonnés, ils se préparèrent pendant deux jours au combat, par la prière, par la confession et la communion. Les rois leur donnèrent l'exemple de cette ferveur. Les prélats, les ecclésiastiques, qui étaient en grand nombre dans le camp, après avoir absous ces pieux guerriers, se disposèrent à les suivre au plus fort de la mêlée.

Le troisième jour, 16 de juillet de l'année 1212,

l'armée se mit en bataille, divisée en trois corps
de troupes, commandés chacun par un roi. Alphonse et ses Castillans étaient au centre avec les
chevaliers de Saint-Jacques et de Calatrave, ordres
nouvellement institués. Rodrigue, archevêque de
Tolède, témoin oculaire et historien de cette
grande journée, était à côté du roi, précédé d'une
grande croix, principale enseigne de l'armée. Sanche et ses Navarrois formaient la droite. Pierre
et ses Aragonais tenaient la gauche. Les croisés
français, réduits à un petit nombre par la déser-
tion de leurs compagnons, qui n'avaient pu soutenir la brûlante ardeur du climat, marchaient à
la tête des troupes sous la conduite d'Arnaud,
archevêque de Narbonne, et de Thibaut Blazon,
seigneur poitevin. Ainsi rangés, les Chrétiens
descendirent vers le vallon qui les séparait de leurs
ennemis.

Les Maures, sans aucun ordre, suivant leur
antique usage, déployèrent de toutes parts leurs
innombrables soldats. Cent mille hommes d'une
excellente cavalerie faisaient leur principale force:
le reste était un ramas de fantassins, mal armés
et peu aguerris. Mahomet, placé sur une colline
d'où il dominait toute son armée, s'était environné
d'une palissade formée par des chaînes de fer et
gardée par l'élite de ses cavaliers à pied. Debout au

milieu de cette enceinte, l'Alcoran d'une main, le sabre de l'autre, il était en spectacle à toutes ses troupes, et ses plus braves escadrons pressaient la colline des quatres côtés.

Les Castillans dirigèrent leurs premiers efforts vers cette hauteur. Ils enfoncèrent d'abord les Maures : mais, repoussés à leur tour, ils reculaient en désordre et commençaient à tourner le dos. Alphonse, courant çà et là pour les rallier, disait à l'archevêque de Tolède, qui l'accompagnait partout précédé de sa grande croix : *Archevêque, c'est ici qu'il faut mourir. — Non, sire, répondit le prélat, c'est ici qu'il faut vivre et vaincre.* Dans ce moment, le brave chanoine qui portait la croix se jette avec elle au milieu des Musulmans ; l'archévêque et le roi le suivent ; les Castillans se précipitent pour sauver leur prince et leur étendard. Les rois d'Aragon et de Navarre, déjà vainqueurs à leurs ailes, viennent se réunir contre la colline. Les Maures sont partout attaqués : ils résistent, les Chrétiens les pressent. L'Aragonais, le Navarrois, le Castillan, veulent s'effacer mutuellement. Le brave roi de Navarre se fait jour, arrive à l'enceinte, frappe et brise les chaînes de fer dont le roi Maure était entouré (5). Mahomet alors prend la fuite. Ses guerriers, ne le voyant plus, perdent le courage et l'espoir. Tout plie, tout fuit devant les Chrétiens; des milliers de Musulmans tombent sous leurs coups; et l'archevêque de Tolède, avec les autres prélats, environnant les rois vainqueurs, chantent le *Te Deum* sur le champ de bataille [1].

Tactique des Maures.

Ainsi fut gagnée la fameuse bataille de Toloza, sur laquelle je suis entré dans quelques détails, à cause de son importance, et pour faire juger de la tactique des Maures, qui n'en connaissaient pas d'autres que de se mêler avec l'ennemi, d'y combattre chacun pour son compte, jusqu'à ce que les plus forts ou les plus braves restassent maîtres du terrain. Les Espagnols n'en savaient guère davantage; mais leur infanterie du moins pouvait attaquer et résister en masse, tandis que celle des Musulmans n'était presque comptée pour rien. Leurs cavaliers, au contraire, choisis dans les principales familles, montés sur des chevaux excellens, exercés dès l'enfance à les manier, s'élançaient plus vite que l'éclair, frappaient avec le

---

[1] Roderici Toletani, *de Rebus Hispaniæ*, lib. VIII, cap. 9 et 10; Mariana, *Histor. de Esp.*, lib. XI, cap. 24; Garibai, *del Compend.*, lib. XII, cap. 33; Cardonne, *Hist. d'Afrique*, livre IV; Perreras, *Histor. de Esp.*, part. VI, pag. 35, etc.

sabre ou la lance, fuyaient avec la même vitesse, et, se retournant tout à coup, ramenaient souvent la victoire. Les Chrétiens, couverts de fers, avaient de l'avantage sur ces cavaliers, qui garantissaient seulement leur poitrine par un plastron, et leur tête par une plaque d'acier. Les fantassins étaient presque nus, armés d'une mauvaise pique. On juge aisément que dans les mêlées, surtout dans une déroute, il en devait périr un grand nombre ; ce qui rend moins invraisemblables les exagérations des historiens. Ils assurent, par exemple, qu'à Toloza les Chrétiens tuèrent deux cent mille Maures, et ne perdirent que cent quinze guerriers. En réduisant à leur valeur ces assertions, il demeure certain que les Musulmans firent une perte immense, et que cette importante journée, qu'on célèbre encore tous les ans à Tolède par une fête solennelle, ôta pour long-temps aux rois de Maroc l'espoir de soumettre les Espagnols.

Mahomet retourne en Afrique.

La victoire de Toloza eut des suites plus funestes pour le malheureux Mahomet que pour les Maures d'Andalousie. Ceux-ci, retirés dans leurs villes, fortifiés par les débris de l'armée des Africains, résistèrent aux rois espagnols, qui ne leur prirent que peu de places, et ne tardèrent pas à se

séparer. Mahomet, méprisé de ses sujets depuis sa
défaite, trahi par ses plus proches parens, perdit
tout pouvoir en Espagne, et vit les principaux
des Maures former de nouveau de petits états
qu'ils déclarèrent indépendans [1]. L'infortuné roi
de Maroc, forcé de retourner en Afrique, y mourut bientôt de chagrin. Avec lui périt la fortune
des Almohades. Les princes de cette maison, qui
succédèrent rapidement à Mahomet, vécurent au
milieu des troubles, et furent enfin précipités du
trône. L'empire de Maroc se divisa : trois dynasties nouvelles s'établirent à Fez, à Tunis, à Tré-
mécem ; et ces trois puissances rivales multiplièrent les combats, les crimes, les atrocités, qui seuls
composent l'histoire d'Afrique.

Pays possédé par les Maures.

Pendant ce temps , quelques dissensions élevées
en Castille, et la part que prit l'Aragon à la guerre
des Albigeois en France , laissèrent respirer les
Maures. Ils étaient encore les maîtres des royaumes
de Valence , de Murcie , de Grenade , d'Andalousie , d'une partie des Algarves et des îles Baléares,
jusqu'à ce moment peu connues des Chrétiens du
continent. Ces états étaient divisés entre plusieurs

[1] An de J.-C. , 1213 ;—de l'hégire, 610.

souverains. Le principal était Benhoud, prince
habile et grand capitaine, issu des anciens monarques de Saragosse, et dont les talens, la valeur,
avaient soumis à sa puissance presque tout le midi
oriental de l'Espagne. Après lui, les plus redoutables étaient les rois de Séville et de Valence. Le
barbare qui régnait à Majorque n'était qu'un chef
de pirates incommode aux seuls Catalans.

S. Ferdinand et Jacques Ier.

Tel était l'état de l'Espagne maure, lorsque deux
jeunes héros, parvenus à peu près en même temps
aux deux premières couronnes des Chrétiens, après
avoir pacifié les troubles élevés pendant leur minorité, tournèrent leurs forces contre les Musulmans [1], et, toujours émules de gloire sans être jamais rivaux d'intérêt, consacrèrent leur vie à combattre, à vaincre, à chasser ces éternels ennemis.
L'un de ces princes est Jacques Ier, roi d'Aragon,
fils de Pierre, tué à Muret, et qui réunissait au
courage, à la grâce, à l'activité de son père, plus
de talens et plus de bonheur : l'autre était Ferdinand III, roi de Castille et de Léon, monarque
sage, vaillant, habile, que l'église a mis au nombre des saints, que l'histoire compte au rang des
grands hommes.

[1] An de J.-C., 1224 ;—de l'hégire, 621.

Ferdinand porta le premier ses armes en Andalousie. Ce roi, neveu de Blanche de Castille, reine
de France, cousin germain de saint Louis (6), et
si ressemblant au héros français par sa piété, par
sa valeur, par les bonnes lois qu'il fit pour son
peuple, entra sur les terres des Musulmans, reçut
l'hommage de plusieurs de leurs princes qui vinrent se reconnaître ses vassaux, et s'empara d'un
grand nombre de places, entre autres de celle d'*A-
lhambra*, dont les habitans effrayés se retirèrent à
Grenade, et se fixèrent dans un quartier de cette
ville qui prit le nom, célèbre depuis, de leur ancienne patrie.

Conquêtes des îles Baléares.

D'un autre côté, Jacques d'Aragon s'embarquait
avec une armée pour aller conquérir les îles Baléares. Contrarié par les vents, il n'aborde pas moins
à Majorque ; il défait les Maures sur le rivage,
marche vers leur capitale, l'assiège ; et, montant
le premier à l'assaut, ce roi chevalier, qui dans
les périls précéda toujours ses plus braves chefs,
ses plus téméraires soldats, s'empare de cette forte
place [1], en chasse le roi musulman, et soumet
à jamais à l'Aragon cette nouvelle couronne.

---

[1] An de J.-C., 1229;—de l'hégire, 627.

Les Aragonais attaquent Valence.

Jacques méditait dès long-temps une conquête plus importante. Valence, après la mort du Cid, était retombée au pouvoir des Maures. Ce royaume, si beau, si fertile, où la nature semble se plaire à couvrir de fruits et de fleurs une terre que les hommes ont arrosée de sang, appartenait alors à Zeith, frère de Mahomet l'Almohade, vaincu par les Chrétiens à Toloza. Une puissante faction, ennemie de ce Zeith, voulut placer sur le trône un prince nommé Zéan. Les deux compétiteurs se firent la guerre. Jacques prit le parti du plus faible. Sous prétexte de marcher au secours de Zeith, le roi d'Aragon pénétra dans le royaume de Valence, battit plusieurs fois Zéan, s'empara de ses places fortes; et profitant de ses avantages avec cette active intrépidité qui rendait Jacques si redoutable, il resserra de toutes parts la capitale de son ennemi [1].

Siége de Cordoue.

Zéan, pressé par l'Aragonais, implora le secours de Benhoud, le plus puissant des rois de l'Andalousie. Mais Benhoud était occupé de résister à Ferdinand : les Castillans, sous la conduite de ce

[1] An de J.-C., 1234 ;—de l'hégire, 632.

vaillant prince, avaient fait de nouveaux progrès, s'étaient rendus maîtres d'un grand nombre de villes, et venaient enfin de mettre le siége devant l'antique Cordoue. Benhoud, souvent battu, mais toujours craint, toujours adoré d'un peuple qui le regardait comme son dernier appui, Benhoud avait refait une armée ; et, pressé par un désir égal de secourir Cordoue et Valence, il allait marcher contre l'Aragonais, qu'il croyait le plus facile à vaincre, lorsqu'un de ses lieutenans le fit périr par trahison, et délivra les rois espagnols du seul homme capable de les arrêter.

Prise de Cordoue.

La mort de Benhoud ôta le courage et l'espoir aux habitans de Cordoue, qui jusque-là s'étaient défendus avec autant de constance que de valeur : ils demandèrent à capituler[1]. Les Chrétiens usèrent durement de la victoire, ne laissèrent que la vie aux malheureux Musulmans avec la liberté de fuir. Une innombrable quantité de familles dépouillées de leurs biens sortit en pleurant de cette superbe ville, qui, depuis cinq cent vingt-deux ans, avait été le siége principal de leur grandeur, de leur magnificence, de leur religion et de leurs beaux-arts.

[1] An de J.-C., 1236 ;—de l'hégire, 634.

Ces infortunés en fuyant tournaient leurs yeux avec désespoir vers ces édifices , ces temples , ces magnifiques jardins embellis par cinq siècles de dépenses et de travaux. Les soldats qu'ils y laissaient, loin d'en connaître le prix , aimaient mieux les détruire que les habiter ; et Ferdinand, possesseur d'une cité déserte, fut obligé d'attirer par des priviléges, d'appeler de toutes parts des Espagnols, qui murmuraient d'abandonner les arides rochers de Léon pour venir s'établir dans le plus beau pays de la nature et dans le palais des califes. La grande mosquée d'Abdérame devint une cathédrale ; Cordoue eut un évêque et des chanoines : mais Cordoue ne recouvra plus la moindre marque de son ancienne splendeur.

Prise de Valence.

Valence ne tarda pas à subir le joug [1]. Zéan , assiégé par l'intrépide Jacques, avait encore à combattre dans ses murs la faction de Zeith , qu'il avait détrôné. Le roi de Tunis tenta vainement d'envoyer une flotte au secours de Valence : cette flotte prit la fuite à la vue des vaisseaux de Jacques. Abandonné de toute la terre , découragé par le sort de Cordoue , trahi par le parti de son compé-

[1] An de J.-C., 1238 ; — de l'hégire, 636.

titeur, Zéan fit proposer à l'Aragonais de devenir
son vassal en lui payant un tribut. L'Aragonais fut
inflexible : il fallut lui livrer Valence. Cinquante
mille Musulmans sortirent avec leur roi ; ils em-
portèrent leurs trésors. Jacques, fidèle à sa parole,
les protégea contre l'avidité de ses guerriers, qui
regrettaient ce riche butin.

Après la chute des deux puissans royaumes d'Andalousie et de Valence, rien ne paraissait plus devoir arrêter les Espagnols. Séville, qui seule restait
encore, était déjà menacée par le victorieux Ferdinand : mais, à cette même époque, il s'éleva
tout à coup un état nouveau qui retarda la ruine
des Maures, et s'acquit pendant deux cents ans
une grande célébrité.

QUATRIÈME ÉPOQUE.

LES ROIS DE GRENADE.

Depuis le milieu du treizième siècle jusqu'à l'expulsion totale
des Maures dans le dix-septième.

———

Les victoires des Espagnols, surtout la prise de
Cordoue, avaient consterné les Maures. Ce peuple
ardent et superstitieux, aussi facile à se découra-
ger qu'à s'enivrer d'espérances vaines, regardait
son empire comme détruit, depuis que la croix
triomphante couronnait le faîte de la grande mosquée. Cependant Séville, Grenade, Murcie, le
royaume des Algarves, étaient encore aux Musulmans ; ils possédaient tous les ports, tous les riva-
ges du midi de l'Espagne ; leur étonnante population, leurs richesses, leur industrie, leur assuraient
d'immenses ressources : mais Cordoue, la ville
sainte, la rivale de la Mecque dans l'Occident,
Cordoue était au pouvoir des Chrétiens ; les Maures se croyaient sans états.

Mahomet Alhamar devient le chef des Maures.

Un seul homme leur rendit l'espoir. Cet homme

était Mahomet Abousaïd, de la tribu des *Alha-mars*, originaire de Couffa, ville célèbre sur la mer Rouge. Plusieurs historiens, qui lui donnent le nom de Mahomet Alhamar, assurent qu'il avait commencé par être un simple berger; qu'ensuite ayant porté les armes, il parvint jusqu'au trône par ses exploits. Ce fait ne serait point extraordinaire chez les Arabes, où tous ceux qui ne descendaient pas de la famille du prophète ou de la race royale n'avaient aucun privilége de naissance, et n'étaient estimés que ce qu'ils valaient.

Il fonde le royaume de Grenade

Quoi qu'il en soit, Mahomet Alhamar, né avec un grand courage, ranima celui des Maures vaincus, rassembla quelques troupes dans la ville d'Arjone; et connaissant le caractère de la nation qu'il voulait gouverner, il mit dans ses intérêts un *santon*, espèce de religieux fort vénérés chez les Maures, qui vint lui prédire publiquement qu'il ne tarderait pas à être roi. Le peuple aussitôt le proclame : plusieurs cités suivent cet exemple. Mahomet succède à Benhoud, dont il possédait les talens; et, sentant de quelle importance il était de rendre aux Arabes une ville qui remplaçât Cordoue, qui devint le centre de leurs forces, le dernier asile de leur religion, il fonde un nouveau royaume [1], et choisit Grenade pour sa capitale.

Description de Grenade.

Cette cité, de tout temps puissante, et que l'on croit avoir été l'ancienne *Illiberis* des Romains, est bâtie sur deux collines, peu loin de la *Sierra-Nevada*, chaîne de montagnes couvertes de neige. Elle est traversée par le Darro ; le Xénil baigne ses murailles. Sur les sommets de ces deux collines s'élèvent deux forteresses, l'*Albayzin* et l'*Alhambra*. Elles étaient assez vastes pour renfermer chacune quarante mille hommes. Les fugitifs de la ville d'Alhambra, ainsi que nous l'avons dit, avaient donné le nom de leur patrie au nouveau quartier qu'ils vinrent peupler. Les Maures, chassés de Baeça lorsque Ferdinand III s'en rendit maître, étaient de même venus s'établir dans le quartier de l'Albayzin. Grenade avait recueilli plusieurs exilés de Valence, de Cordoue, des autres places désertées par les Musulmans. Ainsi, chaque jour agrandie, elle formait dès lors une ville de plus de trois lieues de circuit; et des remparts inexpugnables, défendus par mille trente

[1] An de J.-C., 1236 ;—de l'hégire, 634.

tours, par un peuple brave, nombreux, semblaient assurer son indépendance [1].

D'autres avantages donnaient à Grenade la suprématie qu'elle prétendait. Sa situation, la plus belle, la plus riante de l'univers, la rend maîtresse d'un pays où la nature prodigue ses dons. Sa fameuse *vega*, c'est-à-dire la plaine qui l'environne, est un bassin de trente lieues de tour sur huit à peu près de largeur : il est terminé vers le nord par les montagnes d'Elvire et la *Sierra-Nevada*; il est fermé des autres côtés par un amphithéâtre de collines plantées d'oliviers, de mûriers, de vignes, de citronniers. L'intérieur de cette plaine est arrosé par cinq petits fleuves [2] et par une infinité de sources qui vont serpenter dans des prés toujours verts, des forêts de chênes, des bois d'orangers, des campagnes de bled, de lin, des vergers de cannes à sucre. Toutes ces productions si riches, si belles, si variées, ne demandent que peu de culture : la terre, dans une continuelle végétation, n'y connaît point le repos de l'hiver; et pendant les étés brûlans, des vents qui soufflent du côté des

[1] Garibai, *Compend. Hist.*, lib. XXXIX, cap. 3; Duperron, *Voyage d'Espagne*, tome I, page 157 et suiv ; Henri Swinburne, *Lettres sur l'Espagne*, lettre XX; Colmenar, *Délices d'Espagne*, tome V, page 31 et suiv.

[2] Le Darro, le Xénil, le Dilar, le Vagro, le Monachil.

montagnes rafraîchissent l'air qu'on respire, et
raniment l'éclat des fleurs qui viennent sans cesse
à côté des fruits.

C'est dans cette plaine célèbre qu'aucune description ne peut embellir, c'est dans cette campagne enchantée où la nature semble s'épuiser pour
donner à l'homme tout ce qu'il peut souhaiter,
c'est là qu'il s'est répandu plus de sang que dans
aucun lieu du monde. Là, pendant deux siècles
d'une guerre interminable qui se faisait de peuple
à peuple, de ville à ville, d'homme à homme, on
peut assurer qu'il n'est pas un seul coin de terre
où les moissons n'aient été brûlées, les arbres
coupés, les villages réduits en cendres, et les
champs couverts de Maures ou de Chrétiens
égorgés.

Étendue et richesses du royaume de Grenade.

Indépendamment de cette *vega*, trésor inépuisable pour Grenade, quatorze grandes cités, plus
de cent petites villes[1], un nombre prodigieux de
bourgs, dépendaient de ce beau royaume. Son
étendue depuis Gibraltar, qui ne fut pris par les
Chrétiens que long-temps après, jusqu'à la ville
de Lorca, était de plus de quatre-vingts lieues. Il

---

[1] Elles sont nommées dans Garibai, liv. XXXIX, chap. 2.

en avait trente de largeur depuis Cambil jusqu'à
la mer. Les montagnes dont il est entrecoupé
produisaient de l'or, de l'argent, des grenats, des
améthystes, toutes les espèces de marbre. Parmi
ces montagnes, celle qu'on appelle les Alpuxares
formaient seules une province, et fournissaient aux
rois de Grenade des trésors plus précieux que les
mines, des hommes actifs, laborieux, d'habiles cul-
tivateurs, des soldats infatigables. Enfin les ports
d'Almérie, de Malaga, d'Algéziras, appelaient les
vaisseaux d'Europe et d'Afrique , et devenaient
l'entrepôt du commerce des deux mers.

Règne de Mahomet Ier, Alhamar.

Tel était, dès sa naissance, le royaume de Grenade; tel il subsista long-temps. Mahomet Alhamar, son fondateur, fit d'inutiles efforts pour
réunir sous un même sceptre tout ce qui restait
encore aux Musulmans en Espagne : c'était le seu
moyen de résister aux Chrétiens : mais le petit
pays de Murcie, celui des Algarves , gouvernés
par des princes particuliers, et la grande cité de
Séville, refusèrent de reconnaître Alhamar, pour
continuer à former des états indépendans. Ce fut
la cause de leur perte : ils devinrent la proie des
Espagnols.

Il devient vassal du roi de Castille.

Alhamar signala par des victoires les commen-
cemens de son règne ; il remporta quelques avantages sur les troupes de Ferdinand [1] : mais des révoltes à Grenade, des troubles élevés de toutes
parts dans un empire si nouveau , forcèrent Mahomet de signer une paix peu honorable avec le
roi de Castille. Il lui fit hommage de sa couronne,
remit dans ses mains la forte place de Jaën, s'engagea de lui payer un tribut, et de lui fournir des
troupes auxiliaires dans les guerres qu'il entre-
prendrait. A ces conditions Ferdinand le reconnut
roi de Grenade , et l'aida même à soumettre les
rebelles de ses états.

Ferdinand III assiége Séville.

L'habile Ferdinand ne laissait en paix Grenade
que pour tourner tout l'effort de ses armes contre
Séville, qu'il désirait depuis long-temps de conquérir. Cette importante ville n'avait plus de rois ; elle
formait une espèce de république gouvernée par
des magistrats guerriers. Sa position près de l'embouchure du Guadalquivir, son commerce, sa
population, les délices de son climat, la fertilité

---

[1] An de J.-C. , 1242 ; – de l'hégire , 640.

de ses campagnes, la rendaient une des plus flo-
rissantes cités de l'Espagne. Ferdinand, qui prévoyait une longue résistance, commença par s'emparer de toutes les places qui l'environnaient.
Ensuite il vint mettre le siége devant Séville ;
et sa flotte, placée à l'embouchure du fleuve,
ferma le chemin aux secours que pouvait envoyer
l'Afrique.

Prise de Séville.

Le siége fut long et meurtrier. Les Sévillans
étaient nombreux et aguerris. Le roi des Algarves, leur allié, harcelait sans cesse les assiégeans.
Malgré la valeur extrême que montraient les Espagnols dans les assauts, malgré la famine qui
commençait à se faire sentir, la ville, après un
an de siége, refusait encore de se rendre, lorsque Ferdinand fit sommer le roi de Grenade de
venir, selon leur traité, combattre sous ses drapeaux. Alhamar fut forcé d'obéir : il arriva suivi
d'une brillante armée. Séville perdit tout espoir ;
elle se rendit au roi de Castille [1] ; et le monarque
grenadin s'en retourna dans ses états avec la gloire humiliante d'avoir contribué par ses exploits à
la perte de ses frères.

[1] An de J.-C. , 1248 ;—de l'hégire, 646.

Ferdinand, plus pieux que politique, chassa les Maures de Séville. Cent mille infortunés en sortirent' pour aller se réfugier en Afrique ou dans les états de Grenade. Ce royaume devenait alors l'unique et dernier asile des Musulmans espagnols. Le petit pays des Algarves reçut bientôt le joug des Portugais ; et Murcie, qui n'aurait pas dû se séparer de Grenade, ne tarda pas à devenir la conquête des Castillans.

Revenus des rois de Grenade.

Tant que Ferdinand III vécut, rien n'altéra la bonne intelligence qui régnait entre ce monarque et Mahomet Alhamar. Celui-ci mit à profit ce temps de paix pour affermir sa couronne, pour se prémunir contre les Chrétiens, qu'il prévoyait ne pouvoir rester ses amis. Il se trouvait en état de faire une longue défense : maître d'un pays d'une grande étendue, il possédait des revenus considérables, qu'il serait difficile d'apprécier, attendu la valeur peu connue des monnaies arabes et les différentes sources où puisait le trésor public. Toutes les terres, par exemple, payaient au souverain le septième de leurs productions en tout genre : les troupeaux étaient soumis à la même imposition. Des fermes nombreuses et magnifiques formaient le domaine royal ; et l'agriculture, poussée au der-

nier degré de perfection dans un pays aussi abon-
dant, devait porter cette espèce de revenus à une
somme prodigieuse. Ces richesses étaient augmen-
tées par plusieurs droits que prélevait le souverain sur la vente, sur la marque, sur le passage
de toute espèce de bétail. Une loi rendait le monarque héritier de tout Musulman mort sans enfans, et lui donnait une part dans les autres héri-
tages. Il possédait, comme on l'a vu, des mines d'or,
d'argent, de pierres précieuses ; et quoique les
Maures fussent peu habiles dans l'art d'exploiter les
mines, Grenade était cependant le pays de l'Europe où l'or et l'argent étaient le plus communs.
Le commerce de ses belles soies, la variété de ses
autres productions, le voisinage des deux mers,
l'activité, l'industrie, l'étonnante population des
Maures, leur profonde science dans l'agriculture,
la sobriété naturelle aux habitans de l'Espagne,
cette propriété des pays chauds qui fait donner
beaucoup à la terre et fait vivre de peu son possesseur, tant d'avantages réunis doivent nous donner
une grande idée des ressources et de la puissance
de cette singulière nation [1].

[1] Garibai , *Compend. Hist.* , lib. XXXIX , cap. 4 ; Abi
Abdalla-ben-Alkahilbi Absaneni , etc. , *Manuscrit de l'Escurial ;* Swinburne , *Lettres sur l'Espagne* , lettre XXII.

Forces militaires des Maures.

Leurs forces, je ne dirai pas en temps de paix, car presque jamais ils ne furent en paix, étaient à peu près de cent mille hommes. Cette armée dans un besoin pouvait aisément se doubler. La seule ville de Grenade fournissait cinquante mille guerriers. D'ailleurs tout Maure était soldat pour combattre les Espagnols. La différence des cultes rendait ces guerres sacrées ; et la haine des deux nations, presque également superstitieuses, armait toujours des deux côtés jusqu'aux enfans et aux vieillards.

Indépendamment de ces troupes nombreuses, braves, mais mal disciplinées, qui se rassemblaient pour une campagne, s'en retournaient ensuite dans leurs foyers, et ne coûtaient rien à l'état, le monarque entretenait un corps considérable de cavaliers, dispersés sur les frontières, surtout du côté de Murcie et de Jaën, pays sans cesse exposés aux incursions des Espagnols. Chacun de ces cavaliers avait une petite habitation, un petit champ, que le roi lui donnait pendant sa vie, et qui suffisait à son entretien, à celui de sa famille et de son cheval. Cette manière de stipendier les soldats n'était point à charge au trésor public : elle les attachait davantage à leur patrie et les intéressait surtout à bien défendre leur patrimoine, toujours le premier ravagé s'ils n'arrêtaient pas l'ennemi. Dans un temps où l'art de la guerre n'exigeait pas, comme de nos jours, d'exercer continuellement de grandes troupes rassemblées, cette cavalerie était excellente. Montée sur des chevaux andalous ou africains, dont le mérite est assez connu, composée de cavaliers accoutumés dès l'enfance à manier ces légers coursiers, à les soigner, à les chérir, à les regarder comme les compagnons de leur vie, elle avait acquis dès lors cette supériorité que nous reconnaissons encore à la cavalerie maure.

Ces redoutables escadrons, dont rien n'égalait la vélocité, qui dans le même instant chargeaient en masse, se rompaient par troupe, s'éparpillaient, se ralliaient, fuyaient, revenaient en ligne ; ces cavaliers, dont la voix, dont le moindre geste, dont la pensée, pour ainsi dire, était entendue de leurs admirables coursiers, et qui ramassaient au galop leur lance ou leur sabre tombés à terre, faisaient la principale force des Maures. Leur infanterie ne valait rien, et leurs places, mal fortifiées, entourées seulement de murailles et de fossés, défendues par cette infanterie peu estimée, ne pouvaient résister long-temps à celle des Espagnols, qui commençait dès lors à devenir ce qu'elle fut depuis en Italie sous Gonzalve, le grand capitaine.

Trait de générosité des Maures.

Après la mort de saint Ferdinand, Alphonse-le-Sage (1), son fils, monta sur le trône[1]. Le premier soin d'Alhamar fut d'aller lui-même à Tolède, suivi d'une brillante cour, renouveler avec Alphonse le traité d'alliance, ou plutôt de dépendance, qui l'unissait à Ferdinand. Le nouveau roi remit au Maure une partie du tribut auquel il s'était soumis. Mais cette paix ne fut pas de longue durée : les deux nations recommencèrent la guerre avec des avantages à peu près égaux. Je n'en rapporterai qu'une action qui fait autant d'honneur à l'humanité des Maures qu'au courage des Espagnols : c'est celle de Garcias Gomès, gouverneur de la ville de Xérès. Assiégé par les Grenadins, sa garnison presque détruite, il refusait de se rendre ; et, debout sur le rempart, couvert de sang, hérissé de flèches, il soutenait seul le choc des assaillans. Les Maures, d'un commun accord, convinrent de ne pas tuer ce héros : ils lui jetèrent des crochets de fer, l'enlevèrent vivant malgré lui, le traitèrent avec respect, firent guérir ses blessures, et le renvoyèrent avec des présens.

[1] An de J.-C., 1252 ;—de l'hégire, 650.

Divisions en Castille.

Alhamar ne put empêcher Alphonse de s'emparer du royaume de Murcie ; et pour obtenir la paix, il fut forcé de nouveau de se soumettre au tribut [1]. Les divisions qui s'élevèrent bientôt entre le monarque castillan et quelques grands de son royaume, donnèrent au Grenadin l'espoir de réparer ses pertes. Le frère d'Alphonse et plusieurs seigneurs des premières maisons de Castille [2], mécontens de leur souverain, se retirèrent à Grenade, et servirent utilement Alhamar contre deux rebelles de ses états, protégés par les Espagnols. Mais Alhamar mourut [3], laissant le trône qu'il avait acquis et conservé par ses talens à son fils Mahomet II, el-Fakih.

Règne de Mahomet II, el-Fakih.

Ce nouveau roi, qui prit le titre d'*Emir el-Mumenin*, marcha sur les traces de son père. Il profita de la discorde qui régnait à la cour de Castille, et des inutiles voyages qu'entreprit Alphonse-le-Sage dans l'espoir de se faire élire empereur (2). Mahomet, pendant son absence, fit une ligue of-

[1] An de J.-C. , 1266 ; — de l'hégire , 665.
[2] Les Lara , les Haro , les Mendoze , etc.
[3] An de J.-C. , 1273 ; — de l'hégire , 672.

fensive avec le roi de Maroc Jacob, de la race des *Merinis,* vainqueurs et successeurs des Almohades. Il lui céda les deux fortes places de Tariffe et d'Algéziras pour l'engager à passer en Espagne. Jacob vint en effet[1], suivi d'une armée. Les deux Maures, agissant de concert, remportèrent quelques avantages : mais la criminelle révolte de l'infant de Castille Sanche contre son père Alphonse-le-Sage, désunit bientôt les monarques musulmans. Le roi de Grenade Mahomet prit le parti du fils rebelle. Alphonse, abandonné de ses sujets, implora le secours du roi de Maroc. Jacob repassa la mer avec ses troupes : il vit Alphonse à Zara. Dans cette célèbre entrevue, l'infortuné Castillan voulut céder la place d'honneur à celui qui venait le défendre : Elle vous appartient, lui dit Jacob, tant que vous serez malheureux. Je viens venger la cause des pères ; je viens vous aider à punir un ingrat qui reçut de vous la vie et veut vous ôter la couronne. Quand j'aurai rempli ce devoir, quand vous serez heureux et puissant, je vous disputerai tout et redeviendrai votre ennemi.

Alphonse ne fut pas assez grand pour se fier au monarque qui lui tenait ce noble langage ; il s'échappa de son camp. Bientôt après il mourut[2]

[1] An de J.-C., 1275 ;—de l'hégire, 674.
[2] An de J.-C., 1284 ;—de l'hégire, 683.

en déshéritant le coupable Sanche, qui n'en régna pas moins après lui (3). De nouveaux troubles agitèrent la Castille, et Mahomet saisit cet instant pour entrer dans l'Andalousie. Il gagna des batailles, s'empara de quelques places, et termina par des victoires un règne long et glorieux[1]. Son fils Mahomet III lui succéda.

Beaux-arts à Grenade.

Ce Mahomet *Emir el-Mumenin*, dont je viens de rapporter les principales actions politiques, fut un prince ami des beaux-arts : il les attirait à sa cour, que les poëtes, les philosophes, les astronomes, rendirent célèbre. Les Maures étaient encore si supérieurs aux Espagnols pour les sciences, qu'Alphonse-le-Sage, roi de Castille, dont nous avons des tables astronomiques, nommées *les Tables alphonsines*, appela près de lui des savans arabes pour l'aider à les rédiger. Grenade commençait à remplacer Cordoue. L'architecture sourtout y faisait de grands progrès. Ce fut sous le règne de Mahomet II que l'on commença ce fameux palais de l'Alhambra, qui subsiste encore en grande partie, étonne les voyageurs que son nom seul attire à Grenade, et nous prouve jusqu'à quel point les

---

[1] An de J.-C. , 1302 ; — de l'hégire , 703.

Maures avaient su porter cet art, si peu connu des Européens, d'accorder toujours la magnificence avec les recherches de la volupté. On me pardonnera peut-être quelque détails sur ce singulier monument; ils feront connaître les mœurs, les usages particuliers des Maures.

Description de l'Alhambra.

L'Alhambra, comme je l'ai dit, était une vaste forteresse construite sur une des deux collines renfermées dans Grenade. La colline, embrassée de tous côtés par les eaux du Xénil et du Darro, était encore défendue par une double enceinte de murs. C'est au sommet de cette montagne, qui domine toute la ville, et d'où l'on découvre au loin la plus belle vue de l'univers; c'est au milieu d'une esplanade couverte d'arbres et de fontaines, que Mahomet choisit la place de son palais.

Rien de ce que nous connaissons en architecture ne peut nous représenter celle des Maures. Ils entassaient les bâtimens sans ordre, sans symétrie, sans faire aucune attention à l'aspect qu'ils offraient au-dehors : tous leurs soins étaient pour l'intérieur. Là, ils épuisaient les ressources du goût, de la magnificence, pour réunir dans leurs appartemens les commodités du luxe aux charmes de la nature champêtre : là, dans des salons revêtus

de marbre, pavés d'une faïence brillante, auprès
des lits de repos couverts d'étoffes d'or et d'argent,
des jets d'eau s'élançaient vers la voûte, des vases
précieux exhalaient des parfums ; et des myrtes, des
orangers, des fleurs embaumaient les appartemens.

Le beau palais de l'Alhambra, que l'on voit encore à Grenade, ne présente point de façade. On y
parvient par une promenade charmante, coupée
sans cesse par des ruisseaux qui serpentent dans
des bouquets de bois. L'entrée est une grande
tour carrée qui s'appelait autrefois *la Porte du
jugement*. Une inscription religieuse annonce que
c'était là que le roi rendait la justice, selon l'antique usage des Hébreux et des peuples de l'O-
rient. Plusieurs bâtimens qui venaient ensuite ont
été détruits pour élever à Charles-Quint un magnifique palais, dont la description n'est pas de
mon sujet. On pénètre, du côté du nord, dans l'ancien palais des rois maures, et l'on se croit transporté dans le pays des féeries. La première cour
est un carré long environné d'une galerie en ar-
cades, dont les murs et le plafond sont couverts
de mosaïques, de festons, d'arabesques peints,
dorés, ciselés en stuc, d'un travail admirable. Tous
les cartouches sont remplis de passages de l'Alcoran, ou d'inscriptions telles que celle-ci, qui suf-

fira pour donner une idée du style figuré des Maures :

« O Nazar, tu naquis sur le trône, et, sembla-
« ble à l'étoile qui nous annonce le jour, tu ne
« brilles que de ton propre éclat. Ton bras est
« notre rempart, ta justice notre lumière. Tu sais
« dompter par ta valeur ceux qui donnent à Dieu
« des compagnons. Tu rends heureux par ta bonté
« les nombreux enfans de ton peuple. Les astres
« du firmament t'éclairent avec respect, le soleil
« avec amour ; et le cèdre, roi des forêts, qui
« baisse devant toi sa tête orgueilleuse, est relevé
« par ta main puissante. »

Au milieu de cette cour, pavée de marbre blanc, est un long bassin rempli d'eau courante, assez profond pour qu'on puisse y nager. Il est bordé de chaque côté par des plates-bandes de fleurs et des allées d'orangers. Ce lieu s'appelait *le Mesuar*, et servait de bains communs aux personnes atta-chées au service du palais.

Cour des lions.

On passe de là dans la cour célèbre appelée *des lions*. Elle a cent pieds de long sur cinquante de large. Une colonnade de marbre blanc soutient la galerie qui règne alentour. Les colonnes, pla-

cées deux à deux, et quelquefois trois à trois, sont
minces, d'un goût bizarre ; mais leur légèreté,
leur grâce, plaisent à l'œil étonné. Les murs, et
surtout le plafond de la galerie tournante sont revêtus d'or, d'azur et de stuc, travaillés en arabesques
avec un soin, une délicatesse que nos plus habiles ouvriers modernes seraient embarrassés d'imiter. Au milieu des fleurons, des ornemens toujours
variés, on lit ces passages de l'Alcoran, que tout
bon Musulman doit répéter sans cesse : *Dieu est
grand.— Dieu seul est vainqueur.— Il n'est de
Dieu que Dieu.— Gaieté céleste, épanchemens
du cœur, délices de l'âme, à ceux qui croient !*
Aux deux extrémités du carré long, deux charmantes coupoles, de quinze à seize pieds en tout
sens, s'avancent en saillie dans l'intérieur, soutenues, comme tout le reste, par des colonnes de
marbre. Sous ces coupoles sont des jets d'eau. Enfin,
dans le centre de l'édifice, s'élève du milieu d'un
vaste bassin une superbe coupe d'albâtre de six
pieds de diamètre, portée par douze lions de marbre blanc. Cette coupe, que l'on croit avoir été
faite sur le modèle de la mer de bronze du temple de Salomon, est encore surmontée d'une coupe plus petite, d'où s'élançait une grande gerbe
qui, retombant d'une cuve dans l'autre, et des cu-
ves dans le grand bassin, formait une cascade con-

tinuelle, grossie par les flots d'eau limpide que jetaient les mufles de chaque lion.

Cette fontaine, comme tout le reste, est ornée d'inscriptions ; car les Arabes se plaisaient à mêler la poésie et la sculpture. Leurs idées nous semblent recherchées, leurs expressions gigantesques ; mais nous sommes si loin de leurs mœurs, nous connaissons si peu le génie de leur langue, que nous n'avons peut-être pas le droit de les juger sévèrement. D'ailleurs les vers que l'on faisait en Espagne et en France dans les treizième et quatorzième siècles, ne valaient guère mieux que ceux-ci, gravés sur la fontaine des lions :

Toi qui promènes tes regards
Sur ces lions, ces eaux, ces prodiges des arts,
Du grand roi Mahomet tu vois ici l'ouvrage.
La paix qui règne dans ces lieux
De la paix de son cœur est la fidèle image :
Semblable à ces lions dans les champs du carnage,
Il punit les audacieux ;
Et comme cette eau transparente
Qui, s'élevant dans l'air, retombe à gros bouillons,
De même sa main bienfaisante
Sur son peuple répand ses dons [1].

[1] *Traduction littérale.* « O toi qui examines ces lions, considère qu'il ne leur manque que la vie. O Mahomet, notre roi, que Dieu te sauve pour l'œuvre nouvelle que tu as faite pour m'embellir ! Ton âme est ornée des vertus les plus aimables. Ce lieu charmant est l'image de tes belles qualités. Notre

Je ne décrirai point avec autant de détails les
autres pièces qui subsistent encore dans l'Alhambra. Les unes servaient de salles d'audience ou de
justice; les autres renfermaient les bains du roi,
de la reine, de leurs enfans. On y voit encore leur
chambre à coucher, où les lits, près d'une fontaine, étaient placés dans des alcoves, sur une es-
trade de faïence. Dans le salon de musique, quatre tribunes exhaussées étaient remplies par les
musiciens, tandis que toute la cour était assise sur
des tapis, au bord d'un bassin d'albâtre. Dans le
cabinet où la reine faisait sa toilette ou ses prières,
et dont la vue est enchantée, on trouve une dalle
de marbre percée d'une infinité d'ouvertures pour
laisser exhaler les parfums qui brûlaient sans cesse
sous la voûte. Partout les fenêtres, les portes, les
jours sont ménagés de manière que les aspects les
plus rians, les effets de la lumière les plus doux,
reposent toujours les yeux satisfaits, et les cou-
rans d'air qu'on a dirigés viennent renouveler à
chaque instant la délicieuse fraîcheur qu'on respire
dans cet édifice.

roi dans les combats est terrible comme ces lions. Rien ne peut
être comparé à l'eau limpide qui jaillit de mon sein et s'é-
lance à gros bouillons dans les airs, que la main libérale
de Mahomet. (Duperron, *Voyage d'Espagne*, tome 1,
page 195.)

Le Généralif.

En sortant de l'Alhambra, l'on distingue sur une montagne le fameux jardin du *Généralif*, dont le nom veut dire *la Maison d'amour*. Dans ce jardin l'on voyait un palais où les rois de Grenade venaient passer le printemps. Il était bâti dans le même genre que l'Alhambra ; la même magnificence s'y remarquait : il est détruit aujourd'hui. Mais ce qu'on ne peut se lasser d'admirer encore dans le Généralif, c'est sa situation pittoresque, ce sont ses points de vue variés et toujours charmans : les fontaines, les jets d'eau, les cascades jaillissent, tombent de toutes parts. Les terrasses en amphithéâtre, pavées de débris de mosaïques, sont ombragées de cyprès immenses, de vieux myrtes, qui ont prêté leurs ombres aux rois, aux reines de Grenade. De leur temps, des bosquets fleuris, des forêts d'arbres fruitiers s'entremêlaient aux bocages sombres, aux dômes, aux pavillons. Aujourd'hui le Généralif n'a conservé que ce qu'on n'a pu lui ravir ; et c'est encore le lieu de la terre qui parle le plus aux yeux et au cœur [1].

[1] Colmenar, *Délices d'Espagne*, tome V ; Henri Swinburne, *Lettres sur l'Espagne*, lettre XXIII ; Duperron, *Voyage d'Espagne*, tome I, etc.

Règne de Mahomet III, el-Hama, ou l'Aveugle.

Il est triste de quitter l'Alhambra, le Généralif, pour revenir aux ravages, aux incursions, aux sanglantes querelles des Maures et des Castillans. Mahomet III, dit *l'Aveugle* à cause de sa cécité, eut à combattre à la fois ses propres sujets et les Espagnols [1]. Forcé par son infirmité de choisir un premier ministre, il donna cette importante place à Farady, l'époux de sa sœur, homme d'état, capitaine habile, qui continua sans désavantage la guerre contre les Chrétiens, et fit avec eux une paix honorable. Les courtisans, irrités de la gloire, surtout du bonheur du favori, conspirèrent contre le maître : ils excitèrent des révoltes ; et, pour comble de calamités, le roi de Castille, Ferdinand IV, surnommé l'Ajourné (4), s'unit avec le roi d'Aragon pour attaquer les Grenadins. Gibraltar fut pris par le Castillan ; le vainqueur en chassa les Maures. Parmi les infortunés qui sortaient de cette ville, un vieillard aperçut Ferdinand ; et s'approchant de lui, courbé sur son bâton :

Roi de Castille, lui dit-il, que t'ai-je fait à toi et aux tiens ? Ton bisaïeul Ferdinand m'a chassé de Séville, ma patrie. J'allai chercher un asile à

---

[1] An de J.-C., 1302 ; — de l'hégire, 703.

Xérès ; ton aïeul Alphonse m'en fit sortir. Retiré dans les murs de Tariffe (5), ton père Sanche m'en exila. Enfin j'étais venu chercher un tombeau à l'extrémité de l'Espagne, sur le rivage de Gibraltar, et ta fureur m'y poursuit encore. Indique-moi donc un lieu sur la terre où je puisse mourir loin des Espagnols.

Passe la mer, répondit Ferdinand. Et il le fit conduire en Afrique.

Règne de Mahomet IV, Abenazar.

Vaincu par les Aragonais, pressé par les Castillans, redoutant tout de son peuple, que les grands de sa cour soulevaient, le roi de Grenade et Farady son ministre furent forcés à une paix honteuse. L'orage aussitôt éclata. Mahomet Abenazar, frère de Mahomet–l'Aveugle, et chef de la conjuration, s'empara du malheureux prince, le fit périr, et prit sa place [1]. Bientôt il fut chassé lui-même par Farady, l'ancien ministre, qui, n'osant garder la couronne, la mit sur la tête de son fils Ismaël [2], neveu de Mahomet–l'Aveugle par sa mère, sœur de ce monarque.

Dès ce moment, la famille royale de Grenade fut

[1] An de J.-C., 1310 ;—de l'hégire, 710.
[2] An de J.-C., 1313 ;—de l'hégire, 713.

divisée en deux branches, qui ne cessèrent plus
d'être ennemies : la première, appelée des *Alha-*
mars, qui descendait du premier roi par les hommes ; la seconde, dite des *Faradys*, qui en descendait par les femmes.

Règne d'Ismaël.

Les Castillans, dont l'intérêt fut toujours d'entretenir les dissensions parmi les Maures, prirent
le parti d'Abenazar, réfugié dans Guadix. L'infant don Pèdre, oncle du jeune roi de Castille Alphonse, surnommé *le Vengeur*, vint attaquer
Ismaël et battit souvent les Maures. Réuni avec un
autre infant nommé don Juan, ces deux princes
portèrent le fer et le feu jusque sous les remparts de
Grenade. Les Musulmans n'osèrent en sortir pour
combattre les Chrétiens : mais, lorsque ceux-ci,
chargés de butin, eurent repris la route de Castille, Ismaël les fit poursuivre par son armée, qui
bientôt les atteignit et tomba tout à coup sur leur
arrière-garde. C'était le 26 de juin[1], à l'heure la
plus brûlante du jour. Les deux infans firent tant
d'efforts, se donnèrent tant de mouvement pour
rétablir le combat, qu'épuisés de soif et de lassi-
tude, ils tombèrent morts tous les deux sans avoir

---

[1] An de J.-C., 1319 ;—de l'hégire, 719.

été frappés. Les Espagnols haletans ne pouvaient pas se défendre : ils prirent la fuite, perdirent leurs bagages, et laissèrent à leurs ennemis le corps d'un des malheureux infans. Ismaël fit porter ce corps à Grenade, le déposa dans un cercueil couvert d'une étoffe d'or, et le remit ensuite aux Castillans, en lui rendant tous les honneurs funèbres [1].

Le fruit de cette victoire fut la prise de quelques villes et une trêve honorable. Mais Ismaël ne jouit pas de ses succès : épris d'une jeune captive espagnole, tombée en partage à l'un de ses officiers, Ismaël osa la lui enlever. Cet outrage chez les Musulmans est toujours lavé par du sang. Le roi fut assassiné par cet officier ; son fils Mahomet V monta sur le trône [2].

Règnes de Mahomet V et de Joseph Ier. Bataille du Salado.

Le règne de Mahomet V et celui de Joseph Ier, son successeur, qui tous deux périrent de même, massacrés dans leur palais, ne présente pendant trente années qu'une suite continuelle de ravages, de séditions, de combats. Aboul-Hassam, roi de Maroc, de la dynastie des *Merinis*, appelé par les

---

[1] Les montagnes voisines de Grenade, où se passa cette action, s'appellent depuis ce temps *la Sierra de los infantes*.

[2] An de J.-C., 1322 ;—de l'hégire, 722.

Grenadins, vint aborder en Espagne, suivi de troupes innombrables qu'il joignit à celles de Joseph. Les rois de Castille et de Portugal réunis combattirent cette grande armée [1] sur les rives du Salado, non loin de la ville de Tariffe. Cette bataille du Salado, aussi célèbre dans l'histoire d'Espagne que la victoire de Toloza, coûta la vie à des milliers de Maures. Abil-Hassam alla cacher sa honte dans ses états de Maroc. La forte place d'Algéziras, le boulevard de Grenade, l'entrepôt des secours qu'elle recevait d'Afrique, fut assiégée [2] par les Castillans. Plusieurs chevaliers français, anglais, navarrois, vinrent à ce siége, où les Musulmans se servirent de canons. C'est la première fois qu'il en est parlé dans l'histoire; car la bataille de Crecy, où l'on assure que les Anglais en avaient, ne se donna que quatre ans après. C'est donc aux Maures que l'on doit, non pas l'invention de la poudre, que l'on attribue aux Chinois, au cordelier allemand Schwarts, à l'anglais Roger Bacon, mais l'invention terrible de l'artillerie; du moins est-il sûr que les Maures ont fondu les premiers canons. Malgré ce secours, Algéziras fut prise [3]; et le malheureux roi de Grenade Joseph, toujours

[1] An de J.-C., 1340 ;—de l'hégire, 742.
[2] An de J.-C., 1342 ;—de l'hégire, 743.
[3] An de J.-C., 1344 ;—de l'hégire, 745.

battu par les Chrétiens, fut enfin égorgé par ses sujets [1].

On a pu remarquer que chez les Maures la succession à la couronne n'était réglée par aucune loi. Cependant, au milieu des conjurations qui se renouvelaient sans cesse, on choisissait toujours un prince qui fût de la race royale ; et l'on a vu celle de Grenade divisée, depuis Ismaël, entre les *Alhamars* et les *Faradys*. Les premiers, dépossédés par les seconds, regardaient toujours ceux-ci comme des usurpateurs. Telle fut l'origine de tant de troubles, de conspirations et d'assassinats.

Règnes de Mahomet VI et de Mahomet VII.

Joseph Ier eut pour successeur un prince Farady, son oncle, nommé Mahomet VI, dit *le Vieux*, parce qu'il parvint au trône dans un âge assez avancé. Un prince Alhamar, son cousin, qui s'appelait Mahomet-le-Rouge, chassa le Farady du trône [2], et l'occupa quelques années par la protection du roi d'Aragon. Pierre-le-Cruel, alors roi de Castille, embrassa la cause du Farady chassé, la soutint avec une armée, et pressa tellement Mahomet-le-Rouge ou l'Alhamar, que celui-ci ne vit

[1] An de J.-C., 1354 ;—de l'hégire, 755.
[2] An de J.-C., 1360 ;—de l'hégire, 762

d'autre ressource que d'aller lui-même à Séville se remettre à la discrétion du roi Pierre. Il arriva suivi de ses plus fidèles amis, portant avec lui beaucoup de trésors; et se présentant devant Pierre avec une noble confiance :

Roi de Castille, lui dit-il, le sang des Chrétiens et des Maures coule depuis trop long temps pour ma querelle avec Farady. Tu protèges mon compétiteur, et c'est toi que je choisis pour juge. Examine mes droits et les siens; prononce qui de nous deux doit être roi. Si c'est Farady, je ne te demande que de me faire conduire en Afrique; si c'est moi, reçois l'hommage que je viens te faire de mes états.

Crime horrible de Pierre-le-Cruel.

Pierre-le-Cruel étonné prodigua les honneurs au roi maure, le fit asseoir à ses côtés dans un magnifique festin. Mais, en sortant de table, il fut mis en prison, de là promené par toute la ville, demi-nu, monté sur un âne, et conduit dans un champ nommé *la Tablada*, où l'on coupa la tête, à ses yeux, à trente-sept personnes de sa suite. L'exécrable Pierre, enviant aux bourreaux le plaisir de répandre du sang, perça lui-même de sa lance le malheureux roi de Grenade, qui ne lui dit que ces mots en expirant : O Pierre, Pierre, quel exploit pour un chevalier[1] !

État de l'Espagne et de l'Europe.

Par une fatalité bien extraordinaire, tous les trônes d'Espagne étaient alors occupés par des princes noircis de crimes, Pierre-le-Cruel, le Néron de la Castille, assassinait les rois qui se fiaient à lui, faisait périr son épouse Blanche de Bourbon, et se baignait tous les jours dans le sang de ses proches ou de ses sujets. Pierre IV, le Tibère de l'Aragon, moins violent, mais aussi barbare et plus perfide que le Castillan, dépouillait l'un de ses frères[2], ordonnait la mort de l'autre[3], et livrait aux bourreaux son ancien gouverneur[4]. Pierre Ier, roi de Portugal, l'amant de la célèbre Inès de Castro (6), rendu féroce sans doute par la cruauté qu'on avait exercée contre sa maîtresse, arrachait le cœur aux meurtriers d'Inès, et punissait par le poison les déportemens de sa sœur Marie. Enfin le roi de Navarre était ce Charles-le-Mauvais, dont le nom seul fait encore frémir. L'Espagne, inondée de sang, gémissait sous ces quatre monarques;

[1] *Cronicas de los reies de Castilla*, tome I.
[2] Jacques, roi de Majorque.
[3] Jacques, comte d'Urgel.
[4] Bernard Cabrera.

et si l'on réfléchit que, dans le même temps, la
France était livrée aux horreurs qui suivirent la
prison du roi Jean, que l'Angleterre voyait commencer les troubles du règne de Richard II, que
l'Italie, en proie aux factions des Guelphes et des
Gibelins, comptait deux papes à la fois[1], que deux
empereurs en Allemagne se disputaient la couronne impériale[2], et que Tamerlan ravageait l'A-
sie depuis le pays des Usbeks jusqu'à la presqu'île
de l'Inde, on conviendra qu'il est peu d'époques
où le monde ait été plus malheureux.

Mahomet VI reprend la couronne.

Grenade fut du moins tranquille après le crime
de Pierre-le-Cruel. Mahomet-le-Vieux, ou le Farady, délivré de son compétiteur, remonta sans
obstacle sur le trône, et fut, jusqu'à la mort du
roi de Castille, le seul allié qui resta fidèle à ce
monstre. Pierre n'en succomba pas moins : son
frère bâtard, Henri de Transtamare, lui ôta la
couronne et la vie[3]. Mahomet fit sa paix avec le
vainqueur, la conserva plusieurs années, et laissa
ses états florissans à son fils Mahomet VIII, Abou-

[1] Urbain VI et Clément VII.
[2] Louis de Bavière et Frédéric-le-Beau.
[3] An de J.-C., 1369 ;—de l'hégire, 771.

hadjad [1], que les historiens espagnols appellent Mahomet-Guadix.

Règne de Mahomet VIII, Abouhadjad.

Ce prince fut le meilleur et le plus sage des rois qui gouvernèrent les Maures. Uniquement occupé du bonheur de ses sujets, il voulut les maintenir dans cette paix dont ils avaient si rarement joui. Pour se l'assurer, il commença par fortifier ses places, par lever une forte armée, par s'allier avec le roi de Tunis, dont il épousa la fille Cadige. Prêt à la guerre, il envoya des ambassadeurs au roi de Castille lui demander son amitié. Don Juan, fils et successeur de Henri de Transtamare, occupé de ses querelles avec le Portugal et l'Angleterre, signa volontiers le traité. Abouhadjad n'y manqua jamais. Tranquille du côté des Chrétiens, il s'occupa de faire fleurir l'agriculture et le commerce; il diminua les impôts, et s'en trouva bientôt plus riche. Adoré d'un peuple qu'il rendait heureux, respecté des Chrétiens qu'il ne craignait pas, possesseur d'une épouse aimable qui seule fixa son cœur, il employait aux beaux-arts, à la poésie, à l'architecture, aux embellissemens de sa capitale,

[1] An de J.-C., 1379 ;—de l'hégire, 782.

le temps et les trésors qui lui restaient : il éleva plusieurs monumens à Grenade, à Guadix, ville qu'il aima toujours de prédilection, et fit de sa cour l'asile des talens et de la politesse.

Sciences cultivées à Grenade.

Les Maures possédaient encore des universités, des académies, des poëtes, des médecins, des peintres et des sculpteurs. Abouhadjad les encouragea, les recompensa magnifiquement. La plupart des ouvrages de ces auteurs grenadins périt dans le temps de la conquête (7); mais quelques-uns ont été sauvés, et sont dans la bibliothèque de l'Escurial. Le plus grand nombre traite de la grammaire, de l'astrologie, alors fort respectée, surtout de la théologie, science dans laquelle les Arabes ont excellé[1]. Ce peuple, doué d'un esprit fin et d'une imagination ardente, devait produire de grands théologiens; aussi je pense que ce sont leurs écoles qui ont introduit dans l'Europe ce malheureux goût de scolastique, de disputes, de questions subtiles, qui rendit autrefois si célèbres des hommes aujourd'hui si obscurs. Les prétendus secrets de la cabale, de l'alchimie, de l'astrologie judiciaire, de la baguette divinatoire, toutes ces histoires,

---

[1] Voyez la *Bibliotheca arabico-hispana* de Caziri.

jadis si communes, de sorcières, de magiciens, d'enchanteurs, nous sont venus des Arabes : de tout temps ils furent superstitieux ; et je serais tenté de croire que c'est leur séjour en Espagne, leurs longues habitudes avec les Espagnols, qui ont imprimé à ces derniers cet amour pour le merveilleux, ce caractère de piété crédule qui peut ressembler à la superstition, et que le philosophe reproche à cette nation vive, sensible, spirituelle, à qui la nature a donné le germe de toutes les grandes qualités.

Littérature et galanterie des Maures.

Un genre de littérature qui fut commun chez les Maures, et que les Espagnols ont pris d'eux, c'est celui des *nouvelles* et des *romances*. Les Arabes furent toujours et sont encore de grands conteurs. Au milieu des déserts d'Asie et d'Afrique, sous les tentes des Bédouins, on se rassemble tous les soirs pour entendre une histoire d'amour : on l'écoute dans le silence, on la suit avec intérêt, et l'on pleure pour les deux amans dont on rapporte les aventures. A Grenade, il se joignait à ce goût naturel pour les contes, le goût de la musique et du chant. Les poëtes mettaient en vers des récits de guerre ou d'amour, les musiciens faisaient

des airs, les jeunes Maures les chantaient : de là
nous vient cette foule de romances espagnoles,
traduites ou imitées de l'arabe [1], qui, dans un style
simple et quelquefois touchant, racontent des combats avec les Chrétiens, des querelles entre les
rivaux, des conversations entre deux amans. Tout
s'y trouve décrit avec exactitude : leurs fêtes, leurs
jeux de bague, de canne [2], et leurs courses de
taureaux qu'ils avaient prises des Espagnols ; leurs
armes, qui consistaient dans un large cimeterre,
une lance très-mince, une cotte de mailles courte,
un léger bouclier de cuir ; leurs chevaux, dont les
housses traînantes étaient brodées de pierreries ;
leurs devises, qui presque toujours étaient un cœur
percé de flèches, ou bien une étoile guidant un
vaisseau, ou la première lettre du nom de la beauté
qu'ils aimaient ; leurs couleurs enfin, dont chacune avait sa signification : le jaune et le noir ex-
primaient la douleur ; le vert, l'espérance ; le bleu,
la jalousie ; le violet et la couleur du feu, l'amour
passionné. Un seul de ces petits ouvrages, traduit
ici en l'abrégeant, les fera mieux connaître que ce
que j'en puis dire.

[1] Le recueil que j'en possède en contient plus de mille.
[2] Ces jeux sont décrits dans le second livre de mon ouvrage.

GANZUL ET ZÉLINDE [1],

ROMANCE MAURE.

Dans un transport de jalousie,
Zélinde avait banni l'amant
Qui la chérit plus que sa vie,
Et fuit loin d'elle en gémissant.
Bientôt Zélinde, mieux instruite,
Se reproche sa cruauté :
Comme un enfant l'Amour s'irrite
Et pleure de s'être irrité.

On vient lui dire que le Maure,
En proie à ses vives douleurs,
En quittant l'objet qu'il adore,
A changé ses tendres couleurs ;
Le vert, emblême d'espérance,
A fait place au triste souci ;
Un crêpe est au fer de sa lance ;
Son bras porte un écu noirci.

[1] GANZUL Y ZELINDA.

ROMANCE MORO.

En el tiempo que Zelinda
Cerro ayrada la ventana
A la disculpa, a los zelos
Que el Moro Ganzul le dava,
Confusa y arrepentida
De averse fingido ayrada,
Por verle y desagravialle,
El corazon se le abraza ;
Que en el villano de amor
Es mui cierta la mudanza, etc.

Zélinde aussitôt est partie,
Lui portant d'autres ornemens,
Où le bleu de la jalousie
Se mêle au pourpre des amans ;
Le blanc, symbole d'innocence,
Se distingue à chaque ruban ;
Le violet de la constance
Brille sur le riche turban.

En arivant à la retraite
Où Ganzul attend son destin,
Zélinde, craintive, inquiète,
Se repose sous un jasmin ;

Y como supo que el Moro
Rompio furioso la lança, etc.
Y que la librea verde
Avia trocado en leonada ;
Saco luego una marlota
De tafetan roxo y plata ;
Un bizarro capellar
De tela de oro morada, etc.
Con uno bonete cubierto
De zaphires y esmaraldas,
Que publican zelos muertos,
Y vivas las esperanças,
Con una nevada toca ;
Que el color de la veleta
Tambien publica bononça.

Informandose primero
A donde Ganzul estava,
A una caza de plazer
Aquella tarde le llama ;
Y diziendole a Ganzul

Elle envoie un fidèle page
Chercher le malheureux amant :
Ganzul croit à peine au message ;
L'infortune rend méfiant.
Il vole, il revoit son amante ;
L'amour, l'espoir, troublent ses sens :
Zélinde, interdite et tremblante,
Rougit en offrant ses présens.
Tous deux pleurent dans le silence :
Mais leur regard, plein de douleur,
Rappelle et pardonne l'offense
Dont a gémi leur tendre cœur.

Que Zelinda le arguardava,
Al page le pregunto
Tres vezes si se burlava ;
Que son malaas de creer
Las nuevas mui desseadas, etc.
Hallola en un jardin,
Entre mosquetta y jasmin, etc.

Viendose Moro con ella,
A penas los ojos alça ;
Zelinda le asio la mano,
Un poco roxa y turbada ;
Y al fin de infinitas quexas
Que en tales passos se passan,
Vistio se las ricas presas
Con las manos de su dama, etc.

(ROMANCERO GENERAL, édit. de Madrid, 1604, page 4.)

Cette galanterie délicate et recherchée, qui
rendit les Maures de Grenade fameux dans toute
l'Europe, forme un contraste singulier avec la
férocité naturelle à tous les peuples venus de
l'Afrique. Ces Musulmans, qui dans les combats
mettaient leur gloire, leur adresse, à couper habi-
lement des têtes qu'ils attachaient à l'arçon de leur
selle, qu'ils exposaient ensuite, sanglantes, sur les
créneaux de leurs villes, sur les portes de leurs
palais ; ces guerriers inquiets, indociles, toujours
prêts à se révolter contre leurs rois, à les déposer,
à les égorger, étaient les amans les plus tendres,
les plus soumis, les plus passionnés. Leurs femmes,
quoiqu'elles fussent à peu près esclaves, devenaient, lorsqu'elles étaient aimées, des souveraines
absolues, des dieux suprêmes, pour celui dont
elles possédaient le cœur. C'était pour leur plaire
qu'ils cherchaient la gloire ; c'était pour briller à
leurs yeux qu'ils prodiguaient leurs trésors, leur
vie, qu'ils s'efforçaient mutuellement de s'effacer
par leurs exploits, par les fêtes les plus magnifiques. Ce mélange extraordinaire de douceur et de
cruauté, de délicatesse et de barbarie, cette passion
de se montrer le plus brave et le plus constant, ve-
nait-il aux Maures des Espagnols ? ou les Espagnols
l'ont-ils pris des Maures ? Je l'ignore ; mais, en re-
marquant que ce caractère n'exista jamais en Asie,

première patrie de ces Arabes, qu'on le trouve encore
moinsen Afrique, où leur conquête les naturalisa,
et que, depuis leur sortie d'Espagne, ils ont perdu
jusqu'à la trace de ces mœurs aimables et chevale-
resques, j'ai quelque raison de penser qu'ils les
devaient aux Espagnols. En effet, avant l'invasion
des Maures, la cour des rois goths en offre déjà
des exemples. Après cette époque, nous voyons
les princes, les chevaliers de Léon, de Navarre,
de Castille, aussi renommés par leurs amours que
par leurs exploits. Le seul nom du Cid rappelle à
la fois des idées de tendresse et de courage ; et,
depuis l'expulsion des Maures, les Espagnols ont
long-temps conservé une réputation de galanterie
fort supérieure à celles des Français, et dont le
germe, détruit à présent chez toutes les nations
modernes, subsiste toujours en Espagne.

Quoi qu'il en soit, les femmes de Grenade méritaient d'inspirer tant d'amour : elles étaient et
sont encore peut-être les plus séduisantes de l'u-
nivers. On lit dans un historien arabe[1], qui écri-
vait à Grenade en 1378 de notre ère, sous le règne
de Mahomet-le-Vieux, ce portrait des femmes de
son pays :

[1] Abi Abdalla-ben-Alkahilbi Absaneni, *Histor. gran.*,
manuscrit arabe de l'Escurial.

Portrait des femmes de Grenade.

« Elles sont toutes belles ; mais cette beauté,
« qui frappe d'abord, reçoit ensuite son principal
« charme de leurs grâces, de leur gentillesse. Leur
« taille est au-dessous de la moyenne, et nulle
« part on n'en voit de mieux prise, de plus svelte.
« Leurs longs cheveux noirs descendent jusqu'aux
« talons ; leurs dents, blanches comme l'albâtre,
« embellissent une bouche vermeille qui sourit
« toujours d'un air caressant. Le grand usage
« qu'elles font des parfums les plus exquis donne
« une fraîcheur, un éclat à leur peau, que n'ont
« point les autres Musulmanes. Leur démarche,
« leur danse, tous leurs mouvemens, ont une
« mollesse gracieuse, une nonchalance légère, qui
« l'emporte sur tous leurs attraits. Leur conver-
« sation est vive, piquante; et leur esprit, fin,
« pénétrant, s'exprime sans cesse par des saillies
« ou par des mots pleins de sens. »

Habits des femmes et des hommes.

L'habit de ces femmes était composé, comme
l'est encore celui des Turques et des Persanes,
d'une longue tunique de lin, serrée par une ceinture, d'un doliman à manches étroites, de grands
caleçons, et de pantoufles de maroquin. Toutes

ces étoffes , extrêmement fines , ordinairement rayées, étaient brochées d'or, d'argent, et semées de pierreries. Leurs cheveux tressés flottaient sur leurs épaules. Un petit bonnet fort riche soutenait sur leur tête un voile brodé qui leur tombait jusqu'aux genoux. Les hommes étaient vêtus à peu près de même : à leur ceinture étaient leur bourse, leur mouchoir et leur poignard; un turban blanc ou de couleur couvrait leur tête; et par-dessus le doliman ils portaient , en été , une robe blanche, large et volante, en hiver, l'*albornos* ou manteau africain. Le seul changement qu'ils faisaient à cet habit, lorsqu'ils allaient à la guerre, c'était d'y ajouter une cotte de mailles, et de doubler avec du fer la coiffe de leurs turbans.

Coutumes des Maures.

L'usage était à Grenade de se rassembler tous les ans, pendant l'automne, dans les charmantes maisons de campagne dont la ville était entourée. Là, on ne s'occupait que de plaisirs : la chasse, la musique, la danse, remplissaient les jours et les nuits. Ces danses étaient fort libres, ainsi que les chansons, les rondes, les ballades qu'on y chantait. Si les contradictions de l'esprit humain pouvaient surprendre, on serait encore étonné de ce défaut de pudeur chez un peuple qui connaissait l'amour :

mais, en général, les Orientaux sont peu sensibles à cette pudeur si aimable ; ils sont plus passionnés qu'aimans, plus jaloux que délicats, et ne savent ni attendre ni cacher des plaisirs qu'ils achètent ou qu'ils arrachent.

J'ai profité, pour placer ces détails, peut-être trop longs, du calme dont jouit Grenade sous le règne d'Abouhadjad. Ce bon roi, après avoir occupé le trône pendant treize années, laissa ses états florissans à son fils Joseph, qui lui succéda sans contradiction [1].

Règne de Joseph II.

Joseph II imita son père, et voulut conserver la trève jurée avec les Chrétiens. Un ermite la troubla : ce fanatique vint à bout de persuader au grand-maître d'Alcantara, Martin de Barbuda, Portugais, que le ciel l'avait choisi pour chasser les Musulmans d'Espagne : il lui promit, au nom de Dieu, qu'il serait le vainqueur des Maures, qu'il prendrait Grenade d'assaut sans perdre seulement un soldat.

Folie du grand-maître d'Alcantara.

Le crédule grand-maître, convaincu de la cer-

[1] An de J.-C., 1392 ; —de l'hégire, 795.

titude de cette promesse, envoya sur-le-champ des ambassadeurs à Joseph, pour lui déclarer de sa part que, la religion de Mahomet étant fausse et détestable, et celle de Jésus-Christ la seule que dût croire le genre humain, lui, Martin de Barbuda, défiait le roi de Grenade à un combat de deux cents Maures contre cent Chrétiens, à condition que la nation vaincue adopterait sur-le-champ la croyance de la nation victorieuse.

On peut juger de la réception qui fut faite à ces ambassadeurs. Joseph eut de la peine à contenir son peuple. Les envoyés, chassés honteusement, retournèrent auprès du grand-maître, qui, surpris de n'avoir point de réponse, rassemble aussitôt mille fantassins, trois cents cavaliers, et part pour aller conquérir Grenade, guidé par le prophète ermite.

Il est puni de sa démence.

Le roi de Castille Henri III, qui désirait conserver la paix avec les Maures, dans un commencement de règne où ses propres états étaient peu tranquilles, fut à peine instruit de l'entreprise du grand-maître, qu'il lui envoya des ordres positifs de ne point passer la frontière; mais Barbuda répondit qu'il devait obéir à Dieu, et continua son chemin. Les gouverneurs des villes qu'il traversait

essayaient vainement de l'arrêter; les peuples, au
contraire, lui prodiguaient les hommages, et s'em-
pressaient de grossir son armée. Elle était déjà
forte de six mille hommes, lorsqu'il mit le pied
sur cette terre ennemie, que sa folle crédulité lui
faisait regarder comme sa conquête. Il attaqua le
premier château; il perdit trois hommes et fut
blessé. Surpris au-delà de ce qu'on peut croire,
de voir couler son sang et tomber trois soldats, il
appela son ermite, lui demanda froidement ce que
cela signifiait, d'après sa parole expresse qu'il ne
perdrait pas un guerrier. L'ermite lui répondit
qu'il n'avait entendu parler que des batailles ran-
gées. Barbuda ne se plaignit plus, et ne tarda pas
à voir arriver une armée de cinquante mille Maures. Le combat aussitôt s'engagea : le grand-maître
et ses trois cents cavaliers périrent, après avoir fait
des prodiges de valeur [1]. Le reste de ses troupes
fut pris ou mis en fuite; et le silence des historiens
sur l'ermite donne lieu de croire qu'il ne fut pas
des derniers à s'échapper [2].

Cette entreprise insensée ne troubla point la
paix des deux nations. Le roi de Castille désavoua

[1] An de J.-C., 1394 ;—de l'hégire, 798.
[2] Ferreras, *Compend. Hist.*, tome **VIII**; Cardonne,
Histoire d'Afrique, tome **III**, etc.

le grand-maître, et Joseph continua de régner avec
gloire et tranquillité; mais il fut empoisonné, dit-
on, par un vêtement magnifique que le roi de Fez,
son ennemi secret, lui envoya par ses ambassadeurs. Les historiens assurent que cette robe,
imprégnée d'un poison terrible, fit périr le malheureux Joseph [1] dans des tourmens épouvanta-
bles : sa chair se détachait de ses os; et ce supplice
dura trente jours.

Règnes de Mahomet IX.

Mahomet IX, le second de ses fils, qui, même
du vivant de son père, avait tenté d'exciter des
troubles, usurpa la couronne sur son frère aîné
Joseph, qu'il fit renfermer dans une prison. Mahomet avait de la valeur et quelques talens guerriers. Allié du roi de Tunis, qui joignit sa flotte à
celle de Grenade, il rompit la trève avec la Castille, et remporta d'abord quelques avantages :
mais l'infant don Ferdinand, oncle et tuteur du
jeune roi Jean II, ne tarda pas à venger les Espagnols. Mahomet IX mourut alors [2]. Avant d'expi-
rer, voulant assurer la couronne à son fils, il envoya
l'un de ses principaux officiers à la prison de son
frère Joseph, avec ordre de lui couper la tête.

[1] An de J.-C., 1396 ;—de l'hégire, 799.
[2] An de J.-C., 1408 ;—de l'hégire, 811.

L'officier trouva Joseph faisant une partie d'échecs
avec un iman. Il lui annonce avec douleur la funeste commission dont il est chargé. Joseph, sans
se troubler, lui demande le temps d'achever sa
partie ; l'officier n'ose refuser cette faible grâce.
Tandis que le prince continue, un nouveau message arrive, apportant la nouvelle de la mort de
Mahomet, et de la proclamation de Joseph pour
son successeur au trône.

Règne de Joseph III.

Ce Joseph III fut un bon monarque ; le peuple
fut heureux sous son règne. Loin de se venger
des séditieux qui avaient aidé Mahomet à le priver de la couronne, il leur prodigua les emplois,
les grâces : il éleva les fils de son frère comme ses
propres enfans ; et lorsque ses conseillers le blâ-
maient de tant d'indulgence, qu'ils regardaient
comme dangereuse : *Permettez*, leur répondit-il,
*que j'ôte à mes ennemis toute excuse de m'avoir
préféré mon frère cadet.*

Cet excellent prince fut souvent obligé de prendre les armes contre les Chrétiens. Il perdit des
villes ; mais il conserva le respect, l'amour de ses
sujets, et mourut [1], après quinze ans de règne,
pleuré par tout son royaume.

[1] An de J.-C., 1423 ; — de l'hégire, 827.

Régnes de Mahomet X, de Mahomet XI, de Joseph IV, Alhamar, de
Mahomet XII, Osmin.

Après sa mort, l'état fut déchiré par des guerres intestines. Le fils et le successeur de Joseph,
Mahomet X, *Abenazar* ou *le Gaucher*, fut chassé
du trône par Mahomet XI, *el-Zugaïr* ou *le Petit*,
qui régna pendant deux ans. Les Abencerrages
(8), tribu puissante à Grenade, rétablirent Mahomet-le-Gaucher. Son compétiteur périt sur l'é-
chafaud [1]. Les Espagnols attaquèrent les Maures,
et portèrent le fer et la flamme jusqu'aux glacis de
leur capitale. Toutes les campagnes furent dévas-
tées, les moissons brûlées, les villages détruits; et
Jean II, qui régnait alors en Castille, voulant
ajouter aux malheurs qu'il causait aux Grenadins,
le malheur plus grand de la guerre civile, fit proclamer roi de Grenade un certain Joseph Alhamar,
petit-fils de ce Mahomet-le-Rouge, si indignement
assassiné par Pierre-le-Cruel à Séville.

Tous les mécontens vinrent se ranger auprès
de Joseph Alhamar. Les Zégris, tribu fameuse,
ennemie des Abencerrages, prirent le parti de
l'usurpateur. Mahomet-le-Gaucher fut encore
chassé de sa capitale [2], et Joseph IV, Alhamar, oc-

[1] An de J.-C. , 1427 ;—de l'hégire , 831.
[2] An de J.-C. , 1432 ;—de l'hégire , 836.

cupa le trône six mois. Au bout de ce temps, il mourut. Mahomet-le-Gaucher reprit sa place. Après treize ans de malheurs, il fut déposé pour la troisième fois[1], pris et renfermé dans une prison par un de ses neveux nommé Mahomet XII, Osmin, qui lui-même se vit ensuite détrôner[2] par son propre frère Ismaël, et finit ses jours dans le même cachot où languissait leur oncle Mahomet-le-Gaucher.

Règne d'Ismaël II.

Tant de révolutions n'empêchaient point les gouverneurs chrétiens ou maures qui commandaient sur les frontières de faire sans cesse des irruptions dans le pays ennemi : tantôt c'était une petite troupe de cavalerie ou d'infanterie qui venait surprendre un village, massacrer les habitans, piller les maisons, enlever les troupeaux ; tantôt c'était une armée qui tout à coup paraissait dans la plaine, dévastait les campagnes, arrachait les vignes, coupait les arbres, assiégait, emportait quelque place, et se retirait avec son butin. Cette manière de faire la guerre était la plus ruineuse de toutes pour le malheureux cultivateur ; et sous

[1] An de J.-C. , 1445 ;—de l'hégire , 849.
[2] An de J.-C. , 1453 ;—de l'hégire , 857.

le règne d'Ismaël II, le pays de Grenade avait tellement souffert, que ce roi fut obligé de faire défricher de grandes forêts pour nourrir sa capitale, qui ne recueillait presque plus rien de cette vaste et fertile *vega*, tant de fois désolée par les Espagnols.

Règne de Mulei-Hassem.

Ismaël II laissa la couronne à son fils Mulei-Hassem [1], jeune prince plein de courage, qui, profitant des troubles de la Castille, sous le règne déplorable de Henri IV, dit *l'Impuissant*, porta ses armes jusqu'au centre de l'Andalousie. Les succès qu'il eut d'abord, ses talens, son ardeur guerrière, firent concevoir aux Maures l'espoir de reprendre leur ancienne puissance; mais un grand événement vint arrêter leurs victoires, et prépara leur ruine totale.

Ferdinand et Isabelle.

Isabelle de Castille, sœur de Henri-l'Impuissant, malgré le roi son frère, malgré les obstacles qui paraissaient insurmontables, épousa le roi de Sicile Ferdinand, dit *le Catholique* [2], héritier présomptif de l'Aragon (9). Ce mariage, en réunissant les

[1] An de J.-C., 1465 ;—de l'hégire, 870.
[2] An de J.-C., 1469 ;—de l'hégire, 874.

deux plus puissantes monarchies de l'Espagne,
portait un coup mortel aux Maures, qui jusqu'a-
lors ne s'étaient soutenus que par les divisions des
Chrétiens. Un seul des deux ennemis qu'ils allaient
avoir à combattre eût suffi pour les accabler. Ferdinand, politique habile, adroit, souple et ferme à
la fois, prudent jusqu'à la méfiance, fin jusqu'à
la fausseté, possédait le talent suprême de voir de
loin et d'un coup d'œil tous les chemins qui me-
naient à son but. Isabelle, plus noble, plus fière,
douée d'un courage héroïque, d'une constance à
toute épreuve, savait poursuivre une entreprise, et
savait surtout l'achever. Le caractère de l'un en-
noblissait l'esprit de l'autre. L'époux jouait souvent
le rôle d'une femme faible et perfide qui négocie
pour tromper; l'épouse était toujours un grand
roi qui marche au combat et triomphe.

Aussitôt que ces deux monarques eurent dis-
sipé les factions, vaincu les ennemis étrangers,
pacifié les troubles intérieurs, et recueilli la succession immense qui leur fut long-temps disputée,
ils s'occupèrent uniquement de chasser tout-
à-fait les Maures. Ce siècle semblait marqué pour
la gloire des Espagnols. Indépendamment du prodigieux avantage que leur donnait la réunion de
leurs forces, Isabelle et Ferdinand étaient entourés
d'hommes supérieurs. Le célèbre Ximenès, sim-

ple cordelier, depuis cardinal, était à la tête de leurs conseils; et cet habile ministre *menait*, comme il le disait lui-même, *toute l'Espagne avec son cordon*. Les guerres civiles avaient formé une foule de guerriers, de généraux excellens, parmi lesquels se distinguaient le comte de Cabra, le marquis de Cadix, et ce fameux Gonzalve de Cordoue, à qui l'Europe et l'histoire ont confirmé le surnom de *grand capitaine* que sa patrie lui donna. Le trésor public, épuisé par les folles prodigalités de Henri, s'était tout à coup rempli par la sévère économie d'Isabelle, et par les bulles obtenues du pape pour toucher aux biens ecclésiastiques. Les troupes étaient aguerries et nombreuses; l'émulation des Castillans et des Aragonais devait doubler leur valeur ; tout annonçait le chute certaine du dernier trône des Musulmans.

La guerre se déclare.

Mulei-Hassem, qui l'occupait, ne fut point effrayé de tant de périls : il rompit le premier la trève en s'emparant de Zahra [1]. Ferdinand s'en plaignit par des ambassadeurs, qui demandèrent en même temps l'ancien tribut payé par les rois de Grenade aux souverains de Castille. Je sais, leur

[1] An de J.-C., 1481 ;—de l'hégire, 886.

répondit Mulei, que quelques-uns de mes prédécesseurs vous ont donné des pièces d'or ; mais on
ne bat plus monnaie sous mon règne, et voici le
seul métal que je puisse offrir aux Espagnols. En
disant ces mots, il leur présenta le bout de sa
lance.

Prise d'Alhama.

L'armée de Ferdinand marcha bientôt vers
Alhama, place très-forte, voisine de Grenade, et
renommée par les bains magnifiques dont les rois
maures l'avaient embellie. Alhama fut surprise
par les chrétiens, et la guerre allumée pour ne
plus s'éteindre.

Les succès en furent d'abord balancés. Mulei
avait des troupes nombreuses, un grand trésor, de
l'artillerie : il aurait pu long-temps se défendre ;
mais une imprudence de sa part le précipita pour
jamais dans un abîme de maux.

Guerre civile chez les Maures. Boabdil est proclamé roi.

Mulei était l'époux d'une Maure nommée Aïxa,
d'une des premières tribus de Grenade. Il en avait
un fils appelé Boabdil, qui devait régner après lui.
Épris d'une esclave chrétienne qui le gouvernait
à son gré, Mulei répudia sa femme Aïxa. Ce fut le
signal de la guerre civile. L'épouse outragée, d'ac-

cord avec le coupable Boabdil, souleva ses parens, ses amis, et la moitié de Grenade. Mulei-Hassem fut chassé de sa capitale, Boabdil prit le titre de roi; et le père et le fils se disputèrent, les armes à la main, une couronne que Ferdinand allait ravir à tous deux.

Boabdil est pris par les Espagnols.

Pour comble de malheur, un frère de Mulei, nommé Zagal, se mit à la tête de quelques troupes, et remporta sur les Espagnols un avantage considérable dans les défilés de Malaga [1]. Cette victoire valut à Zagal l'amour et l'estime des Maures ; il conçut aussitôt l'espoir de détrôner son frère et son neveu. L'état se vit déchiré par un troisième parti. Boabdil trembla dans Grenade ; et voulant tenter une action d'éclat qui ranimât sa faction déjà prête à l'abandonner, il sortit, à la tête d'une petite armée, pour aller surprendre Lucène, ville appartenant aux Castillans. L'infortuné Boabdil fut pris dans cette expédition. C'était le premier roi maure captif chez les Espagnols. Ferdinand lui prodigua les égards dus au malheur, et le fit garder à Cordoue.

[1] An de J.-C., 1483;—de l'hégire, 888.

Boabdil est remis en liberté.

Mulei-Hassem saisit ce moment pour reprendre la couronne qu'un fils rebelle lui avait enlevée. Malgré le parti de Zagal, il rentra dans sa capitale ; mais il ne put opposer qu'une faible résistance aux progrès des Castillans, qui de toutes parts soumettaient les villes, et s'avançaient toujours vers Grenade, où les malheureux Musulmans se livraient entre eux des combats. Pour augmenter ces divisions sanglantes, qui déjà présageaient leur ruine, l'habile Ferdinand rendit à Boabdil la liberté ; il devint même l'allié de son captif, promit de l'aider contre son père, à condition que Boabdil lui paierait un tribut de douze mille écus d'or ; qu'il se reconnaîtrait son vassal, et lui livrerait certaines places. Le lâche Boabdil signa tout ; et soutenu par Ferdinand, il courut faire la guerre à Mulei.

Les Maures se détruisent eux-mêmes.

Le royaume de Grenade devint alors un champ de carnage, où Mulei-Hassem, Boabdil, Zagal, se poursuivaient le fer à la main, en disputant de tristes débris. Les Espagnols, pendant ce temps, marchaient de conquête en conquête, tantôt sous le prétexte de secourir leur allié Boabdil, tantôt réclamant le traité qu'ils avaient fait avec ce monarque, toujours attisant le feu des discordes, dépouillant également les trois partis, et laissant aux vaincus leurs lois, leurs usages et le libre exercice de leur religion.

Au milieu de tant de troubles, de crimes, de calamités, le vieux Mulei-Hassem mourut de douleur [1], ou par les coups de son frère; Ferdinand se rendit maître de toute la partie occidentale du royaume; et Boabdil convint avec Zagal de partager le peu qui restait de cet état désolé. Grenade appartint à Boabdil, Guadix et Almérie furent cédées à Zagal. La guerre n'en continua pas moins; et le coupable Zagal, désespérant de conserver ce qu'il avait, vendit ses places à Ferdinand pour une pension annuelle. Le traité fut signé; les rois catholiques prirent possession de ces villes [2]. Le traître Zagal ne rougit pas d'accepter un emploi dans l'armée chrétienne pour porter les derniers coups à sa patrie et à son neveu.

Boabdil règne seul à Grenade.

Enfin il ne restait plus aux Musulmans que la seule cité de Grenade. Boabdil y régnait encore; et

[1] An de J.-C., 1485; — de l'hégire, 890.
[2] An de J.-C., 1490; — de l'hégire, 896

ce prince malheureux, aigri par ses infortunes, tournait sa rage contre ses sujets, qu'il gouvernait en tyran. Les rois de Castille et d'Aragon, malgré leur prétendue alliance avec ce faible monarque, l'envoyèrent sommer de remettre en leurs mains sa capitale, selon le traité secret qu'ils disaient être fait entre eux. Boabdil éclata contre tant de perfidie. Mais il n'était plus temps de se plaindre ; il fallait combattre ou cesser de régner. Le roi maure prit au moins le parti le plus généreux : il résolut de se défendre. Ferdinand, à la tête d'une armée de soixante mille hommes, l'élite des deux royaumes, vint mettre le siége devant Grenade, le 9 mai 1491 [1].

Siége de Grenade.

Cette grande ville, comme je l'ai dit, était défendue par de forts remparts, flanqués de mille trente tours, et par une foule d'ouvrages entassés les uns sur les autres. Malgré les guerres civiles qui l'avaient inondée de sang, elle renfermait encore plus de deux cent mille habitans. Tout ce qui restait de braves guerriers attachés à leur patrie, à leur religion, à leurs lois, s'était réuni dans ses murs. Le désespoir doublait leur force ;

[1] L'an de l'hégire, 897.

et, sous un autre chef que Boabdil, ce désespoir aurait pu les sauver ; mais ce roi, faible et féroce, sur un soupçon, sur le moindre indice, faisait périr par le fer des bourreaux ses plus fidèles défenseurs : il était l'objet de la haine et du mépris des Grenadins, qui l'avaient surnommé *Zogoybi*, c'est-à-dire, *le petit roi.* Toutes les tribus de Grenade, surtout celle des Abencerrages, étaient mécontentes et découragées. Les alfaquis, les imans, prédisaient à haute voix la fin de l'empire des Maures ; et la seule horreur que l'on avait encore pour le joug des Espagnols soutenait un peuple indigné contre ses ennemis et contre son roi.

Isabelle se rend au camp.

Les troupes de Ferdinand, au contraire, ivres de leurs succès passés, se regardant comme invincibles, croyaient marcher à une conquête certaine. Elles se voyaient guidées par des chefs qu'elles adoraient : Ponce de Léon, marquis de Cadix, Henri de Gusman, duc de Médina-Sidonia, Mendoze, Aguillar, Villena, surtout Gonzalve de Cordoue, beaucoup d'autres fameux capitaines, suivaient un roi victorieux. Isabelle, dont les vertus commandaient la vénération, dont la grâce, l'affabilité, savaient attirer l'amour, s'était rendue au camp de son époux avec l'infant, les infantes, avec

la plus brillante cour qui fût alors dans toute
l'Europe. Cette grande reine faisait plier aux circonstances son humeur naturellement sévère : elle
mêlait aux travaux guerriers les fêtes et les plaisirs.
Les tournois délassaient des combats ; les illumi-
nations, les danses, les jeux, remplissaient les nuits
d'été, si belles dans ces climats. Isabelle présidait
à tout : un seul mot de sa bouche était une récompense ; un de ses regards faisait un héros du dernier de ses soldats. L'abondance régnait dans le
camp ; la joie, l'espoir, animaient tous les cœurs,
tandis que chez les Grenadins, la défiance mu-
tuelle, la consternation générale, la certitude de
manquer de vivres, avaient glacé tous les courages.

Isabelle bâtit une ville.

Le siége dura cependant près de neuf mois. Ferdinand ne tenta point d'assaut contre une place
si bien fortifiée : après avoir dévasté les environs,
il attendit patiemment que la faim lui livrât Grenade ; content de foudroyer les remparts, de re-
pousser les fréquentes sorties des Maures, il n'engagea point d'action décisive, et resserra chaque jour
davantage l'ennemi qui ne pouvait lui échapper.
Un accident, pendant la nuit, mit le feu aux tentes
d'Isabelle ; l'incendie consuma tout le camp. Boabdil n'en profita point. La reine voulut qu'à la

place de ce camp brûlé les Espagnols bâtissent une ville [1], afin de faire voir aux Musulmans que le siège ne serait jamais levé. Cette idée, grande, extraordinaire, digne du génie d'Isabelle, fut exécutée en quatre-vingts jours. Les Espagnols s'établirent dans la nouvelle cité, qui fut fermée de murailles. Elle subsiste encore aujourd'hui, et porte le nom de *Santa-Fe,* que lui donna la pieuse reine.

Grenade capitule.

Enfin, pressés par la famine, battus le plus souvent dans les petits combats qui se livraient sans cesse sous leurs murs, abandonnés par l'Afrique, qui ne tenta aucun effort pour les sauver, les Maures sentirent la nécessité de se rendre. Gonzalve de Cordoue fut chargé par les rois de régler les articles de la capitulation. Elle portait que les Grenadins reconnaîtraient pour leurs rois Ferdinand et Isabelle, ainsi que leurs successeurs à la couronne de Castille ; qu'ils rendraient sans rançon tous les prisonniers chrétiens ; que les Maures, toujours gouvernés selon leurs lois, conserveraient leurs coutumes, leurs juges, la moitié de leurs mosquées, et le libre exercice de leur culte ; qu'ils

---

[1] *Histoire de Ferdinand et d'Isabelle ;* Mariana , Garibai, Ferreras , etc.

pourraient garder ou vendre leurs biens, et se
retirer en Afrique, ou dans tel autre pays qu'ils
choisiraient, sans que jamais les Castillans pus-
sent les forcer de quitter l'Espagne ; que Boabdil
jouirait, dans les Alpuxares, d'un riche et vaste
domaine, dont il disposerait à son gré.

Boabdil sort de Grenade.

Telle fut la capitulation, que les Espagnols ob-
servèrent mal. Boabdil l'exécuta quelques jours
avant le terme convenu, parce qu'il apprit que son
peuple, soulevé par les imans, voulait rompre la
négociation et s'ensevelir sous les ruines de Grenade. Le malheureux roi se hâta de livrer aux
Castillans l'Albayzin et l'Alhambra ; il fut ensuite
porter les clefs à Ferdinand [1], et ne rentra plus
dans la ville. Bientôt, suivi de sa famille et d'un
petit nombre de serviteurs il prit le chemin du
triste domaine qu'on lui donnait pour un royaume. Arrivé sur le mont Padul, d'où l'on découvre
Grenade, il jeta sur elle un dernier regard, et les
larmes baignèrent son visage : *Mon fils*, lui dit
sa mère Aïxa, *vous avez raison de pleurer comme
une femme le trône que vous n'avez pas su défendre comme un homme.* Cet infortuné ne put

---

[1] An de J.-C. , 1492 ; —de l'hégire , 898.

vivre sujet dans le pays où il avait régné : il passa peu de temps après en Afrique, et fut tué dans un combat.

Les Espagnols entrent dans Grenade.

Isabelle et Ferdinand firent leur entrée à Grenade le 2 janvier 1492, au bruit de leur artillerie, au milieu d'une double haie de soldats. La ville semblait déserte : les Maures, retirés dans leurs maisons, fuyaient la présence de leurs vainqueurs, cachaient leurs larmes et leur désespoir. Les rois allèrent d'abord à la grande mosquée, qui fut transformée en église, et où ils rendirent grâce à Dieu de tant de succès. Tandis qu'ils remplissaient ce pieux devoir, le comte de Tendilla, nouveau gouverneur de Grenade, arborait la croix triomphante, l'étendard de Castille et celui de Saint-Jacques sur la plus haute tour de l'Alhambra.

Ainsi tomba cette ville fameuse ; ainsi finit la puissance des Maures en Espagne, après avoir duré sept cent quatre-vingt-deux ans, depuis la conquête de Tarik.

Cause de la ruine des Maures.

On a dû remarquer dans ce court précis les principales causes de leur perte. La première était dans leur caractère, dans cet esprit d'inconstance,

cet amour de nouveautés, cette inquiétude éternelle qui leur fit si souvent changer de rois, qui
multiplia chez eux les factions, déchira leur empire par la discorde, et finit par les livrer à leurs
ennemis, dénués des forces qu'ils avaient employées
contre eux-mêmes. Ils avaient de plus à se repro-
cher leur goût pour la magnificence, pour les fêtes,
pour les monumens, qui épuisait le trésor public,
tandis que leurs guerres continuelles laissaient à
peine à la terre la plus fertile du monde le temps
de reproduire des moissons toujours ravagées par
les Espagnols. D'ailleurs ils manquaient de lois,
seule base solide de la prospérité des nations ; et
leur gouvernement despotique, sous lequel les
hommes n'ont point de patrie, faisait regarder à
chaque individu ses vertus ou ses lumières comme
des moyens de considération personnelle, et non
comme le patrimoine de l'état.

Qualités de cette nation.

Ces défauts, si dangereux, et qui causèrent leur
ruine, étaient rachetés par des qualités que les
Chrétiens eux-mêmes leur reconnaissaient. Aussi
braves, aussi sobres que les Espagnols, moins dis-
ciplinés, moins habiles, ils leur étaient supérieurs
dans l'attaque. L'adversité ne les abattait pas
long-temps : ils y voyaient la volonté du ciel, et se

soumettaient sans murmure. Le dogme de la fatalité contribuait sans doute à leur donner cette vertu. Observateurs fervens de la loi de Mahomet, ils pratiquaient exactement le beau précepte de l'aumône (10) : ils donnaient aux pauvres non seulement du pain, de l'argent, mais une portion de leurs grains, de leurs fruits, de leurs troupeaux, de toutes leurs marchandises. Dans les villes, dans les campagnes, les malades étaient recueillis, soignés, secourus avec une attentive piété. L'hospitalité, de tout temps si sacrée chez les Arabes, ne l'était pas moins à Grenade : ils se plaisaient à l'exercer ; et l'on ne peut lire sans attendrissement le trait de ce vieillard grenadin à qui un inconnu teint de sang et poursuivi par la justice vint demander un asile. Le vieillard le cache dans sa maison. Dans l'instant même la garde arrive en demandant le meurtrier et rapportant au vieillard le corps de son fils que cet inconnu vient d'assassiner. Le malheureux père ne livra point son hôte ; et quand la garde fut partie : *Sors de chez moi*, dit-il à l'assassin, *pour qu'il me soit permis de te poursuivre.*

Révolte des Maures.

Tels furent ces Maures célèbres, peu connus des historiens, qui les ont souvent calomniés. Après leur défaite, beaucoup d'entre eux se retirèrent en Afrique. Ceux qui restèrent à Grenade eurent à souffrir des persécutions. L'article du dernier traité qui leur assurait formellement la liberté de leur culte fut violé par les Espagnols : on les forçait d'abjurer leur croyance par la gêne, par la crainte, par toutes sortes d'indignes moyens. Irrités de ce manque de foi, les Maures tentèrent de se soulever. Leurs efforts furent inutiles : Ferdinand lui-même marcha contre eux[1], fit passer au fil de l'épée ceux qu'il appelait des rebelles, et, le glaive à la main, donna le baptême à plus de cinquante mille vaincus.

Leur expulsion totale.

Les successeurs de Ferdinand, Charles-Quint, et surtout Philippe II, tourmentèrent de nouveau les Maures[2]. L'inquisition fut établie à Grenade :

[1] An de J.-C., 1500.

[2] Les édits de Charles-Quint, renouvelés et rendus plus sévères par Philippe II, réformaient entièrement la façon de vivre des Maures, leur prescrivaient d'adopter l'habit et le langage espagnols, défendaient à leurs femmes d'aller voilées, leur interdisaient l'usage des bains, les danses de leur pays, et ordonnaient que tous leurs enfans, depuis cinq ans jusqu'à quinze, fussent enregistrés pour être envoyés dans des écoles catholiques, etc. (*Recherches historiques sur les Maures*, par M. Chénier, tome II ; *Guerra de Granada*, de D. Diego de Mendoza, lib. 1.)

la terreur, la délation, les supplices furent employés pour les convertir ; on leur arrachait leurs enfans pour les élever dans la foi d'un Dieu qui détesta toujours la violence, qui ne prêcha que la paix; on les dépouillait de leurs biens; on les accusait sur le moindre prétexte. Réduits au désespoir, ils prirent les armes ; et la plus terrible vengeance fut exercée par eux contre les prêtres chrétiens[1]. Le nouveau roi qu'ils avaient choisi, nommé Mahomet-ben-Ommiah, qui se disait du sang des Ommiades, livra plusieurs combats dans les Alpuxares, et s'y soutint deux ans malgré ses revers. Il fut assassiné par les siens. Son successeur eut le même sort; et les Maures furent forcés de reprendre un joug que leur révolte rendit plus pesant. Enfin le roi Philippe III les chassa tout-à-fait d'Espagne[2] ; et la dépopulation causée par ce fameux édit fit à cette grande monarchie une plaie qui saigne encore. Plus de cent cinquante mille de ces infortunés passèrent par la France, où notre bon Henri IV les fit traiter avec humanité. Quelques autres, en petit nombre, restèrent et sont encore cachés dans les montagnes des Alpuxares : mais la plupart allèrent se fixer en Afrique, où ce

[1] An de J.-C. , 1569.
[2] An de J.-C. , 1609.

peuple malheureux traîne aujourd'hui sa triste existence sous le despotisme des rois de Maroc, et demande tous les vendredis à son Dieu de le ramener à Grenade.

FIN DU PRÉCIS HISTORIQUE.

NOTES

DU

PRÉCIS HISTORIQUE·

NOTES

PRÉCIS HISTORIQUE.

PREMIÈRE ÉPOQUE.

(1) *Page* 94. Les historiens espagnols, etc.

Mariana, Garibai, Ferreras, Zurita, sont des historiens très-estimables. Le premier, surtout, qui s'était nourri de la lecture des anciens, écrit souvent avec l'éloquence et le talent de Tite-Live : il semble avoir étudié la manière de cet admirable historien, et n'a pas moins de goût que lui pour les prodiges. Tous ces auteurs, en général passionnés pour la gloire de leur nation, sont quelquefois injustes pour les autres peuples : ils oublient souvent que, si l'amour de la patrie est une des premières vertus de l'homme, l'amour de la vérité est le premier devoir d'un écrivain.

(2) *Page* 94. Les écrivains arabes, etc.

Croirait-on que la plupart des historiens arabes ne disent pas un seul mot de la fameuse bataille de Tours ? *Hidjazi* rapporte simplement que Charles, roi des Français, voyant les Arabes au milieu de la France, ne voulut point les combattre, dans l'espoir que leurs divisions les détruiraient : « En « effet, ajoute cet historien, les Arabes de Damas et de « l'Yémen, les Bérébères et les Modarites, se brouillèrent, se « firent la guerre, et la conquête de la France fut manquée. » (Cardonne, *Histoire d'Afrique*, tome I, page 130.)

Les lacunes qu'on trouve chez eux ont quelquefois des motifs plus puissans que leur vanité : plusieurs de leurs princes, entre autres ceux de la dynastie des *Almohades*, qui régnaient en Afrique dans le douzième siècle, défendirent, sous peine de mort, d'écrire les annales de leur règne. Novaïri rapporte qu'un de ces princes fit punir du dernier supplice un auteur coupable de ce crime. Cette atroce imbécillité semble une espèce de justice que le despotisme se rend à lui-même.

(3) *Page* 95. Dans les romans espagnols, etc.

Les romans qui méritent quelque estime peignent toujours fidèlement les mœurs du peuple chez qui se passe la scène. Celui de *las Guerras civiles de Granada*, par Ginez Perez de Hita, que je crois traduit ou au moins imité de l'arabe, à travers des longueurs et du mauvais goût, fait beaucoup mieux connaître les Maures que tout ce qu'on en peut lire dans les historiens espagnols. Il m'a été d'un grand secours pour mon ouvrage; et je n'ai pas hésité d'y prendre tout ce qui convenait à mon sujet.

J'ai encore trouvé des détails sur les Grenadins dans un immense recueil d'anciennes romances castillanes, intitulé *Romancero general*, dont je parle dans ce précis. Mais c'est à un littérateur espagnol que j'ai eu les plus grandes obligations : don Juan Pablo Forner, fiscal de sa majesté catholique à l'audience de Séville, et aussi distingué par son érudition que par son talent pour la poésie, a bien voulu m'indiquer les sources où je pouvais puiser, et m'a fourni plusieurs mémoires. Je me plais à publier ma reconnaissance pour don Juan Pablo Forner, qui, me faisant riche de ses lumières, m'a épargné beaucoup de fautes par ses conseils.

(4) *Page* 96. Depuis la fin du sixième siècle, etc.

J'ai pris soin de joindre toujours à la date de notre ère la date de l'hégire des Musulmans. Quelques historiens espagnols, comme Garibai, ne sont pas d'accord avec les historiens arabes sur ces années de l'hégire. J'ai cru devoir suivre l'autorité des Arabes ; et je m'en suis tenu à la chronologie de M. Cardonne, qui m'a plusieurs fois assuré lui-même avoir mis une grande exactitude dans ce calcul. Je l'ai pourtant quelquefois corrigé par *Ferreras*. Les noms propres arabes, soit par la difficulté de leur prononciation, soit par l'ignorance de l'orthographe, varient encore davantage dans les différens auteurs : alors j'ai toujours choisi les noms les plus connus et les plus doux. Le tableau chronologique des souverains maures, que j'ai mis à la tête de mon livre, doit éclaircir beaucoup de doutes à ce sujet.

(5) *Page* 100. Jusqu'à ce qu'ils embrassent l'islamisme, etc.

Le mot *islamisme* vient d'*eslam*, qui veut dire *consécration à Dieu*. Tout cet abrégé des préceptes de la religion musulmane n'est composé que de phrases rapprochées, mais prises mot à mot dans le Koran, chapitres *de la Vache, du Voyage, des Femmes, de la Fumée, de la Conversation, de la Table*. Ces préceptes s'y trouvent noyés dans une foule d'absurdités, de répétitions, d'idées incohérentes : mais l'ouvrage entier étincelle souvent de verve, et la morale en est pure. Mahomet n'y parle jamais ; c'est toujours l'ange Gabriel qui lui apporte la parole de Dieu : le prophète écoute et répète. L'ange prend soin d'entrer dans tous les détails qui concernent non-seulement la religion, mais la législation et la police : voilà pourquoi, chez les Musulmans, le Koran est à la fois le code des lois sacrées et civiles. La moitié du livre est en vers, l'autre moitié en prose poétique. Mahomet était un grand poëte ; talent si estimé dans l'Arabie, que les peuples se rassemblaient à la Mecque pour juger les différens poëmes que les auteurs venaient afficher sur les murs du temple de la Caaba : le vainqueur était couronné avec une grande solennité. Lorsque Mahomet y fit afficher le second chapitre du Koran, *Labid ebn rabia*, le plus fameux poëte de ce temps déchira l'ouvrage

qu'il avait mis en concurrence, et s'avoua vaincu par le prophète. (Du Ryer, *Vie de Mahomet* ; Savary, *Traduction du
Koran.*)

(6) *Page* 101. Il mourut à Médine des suites du poison, etc.

Mahomet ne fut point un monstre de cruauté, comme tant
d'écrivains nous l'ont dépeint : il fit souvent grâce aux vaincus ; il pardonna même des injures personnelles. Caab, fils de
Zoliaïr, qui avait été l'un de ses ennemis les plus ardens, et
dont la tête était proscrite, osa paraître tout à coup dans la
mosquée de Médine au moment où Mahomet prêchait le peuple. Caab récita des vers qu'il avait faits à la louange du prophète. Celui-ci les entendit avec transport, embrassa Caab,
se dépouilla de son manteau et l'en revêtit. Ce manteau fut
depuis acheté par un calife, à la famille du poëte, la somme
de vingt mille drachmes, et devint l'ornement des souverains
de l'Asie, qui ne le portaient qu'aux fêtes solennelles.

Les derniers instans de Mahomet prouvent qu'il était bien
loin d'avoir une âme cruelle. La veille de sa mort, il se leva,
se rendit à la mosquée ; appuyé sur le bras d'Ali, monta dans
la tribune, fit la prière, et dit ces paroles : « Musulmans,
« je vais mourir : personne ne doit plus me craindre. Si j'ai
« frappé quelqu'un d'entre vous, voilà mon dos, qu'il me
« frappe : si j'ai ravi son bien, voilà ma bourse, qu'il se paie :
« si je l'ai humilié, qu'il m'humilie ; je me livre à votre jus-
« tice. » Le peuple éclatait en sanglots. Un seul homme vint
lui demander trois drachmes. Mahomet, en les payant, voulut y joindre l'intérêt. Ensuite il fit de tendres adieux à ces
braves Médinos qui l'avaient si vaillamment défendu ; il
donna la liberté à ses esclaves, régla l'ordre de ses funérailles ;
et quoiqu'il soutînt jusqu'au bout le caractère de prophète, en
disant, même à l'agonie, qu'il s'entretenait avec l'ange Gabriel, il n'en fut pas moins bon et sensible avec Fatime sa
fille, avec son épouse chérie Aïezha, avec Ali, Omar, ses

disciples et ses amis. La douleur et le deuil furent universels dans l'Arabie : le peuple poussait des hurlemens et se roulait sur la poussière ; Fatime mourut de désespoir. Le poison qui termina les jours du prophète lui avait été donné, quelques années auparavant, par une Juive nommée Zaïnab, dont le frère avait été tué par Ali. Cette femme vindicative empoisonna un agneau rôti qu'elle servit à Mahomet. A peine le prophète en eut mis un morceau dans sa bouche, qu'il le rejeta, en criant que ce mouton était empoisonné. Mais, malgré cette promptitude, malgré les remèdes qu'il fit, le poison était si violent, qu'il en souffrit toute sa vie, et en mourut quatre ans après, dans la soixante-troisième année de son âge.

Le respect, la vénération des Orientaux pour Mahomet ne peut se comprendre. Leurs docteurs ont écrit que le monde fut fait pour lui, que la première chose que Dieu créa fut la lumière, et que cette lumière devint la substance de l'âme de Mahomet, etc., etc. Quelques-uns ont soutenu que le Koran était incréé ; d'autres ont adopté l'opinion contraire : de là une foule de commentateurs et de sectes ; de là des guerres de religion qui ont couvert l'Asie de sang. (Marigny, *Histoire des Arabes* ; Savary, *Vie de Mahomet* ; d'Herbelot, *Bibliothèque orientale.*)

(7) *Page* 102. Kaled, surnommé l'Épée de Dieu, etc.

Les faits d'armes de ce Kaled, rapportés par les historiens les plus authentiques, ressemblent à ceux des héros de roman. D'abord, ennemi de Mahomet, il vainquit le prophète au combat d'*Aheh*, le seul où Mahomet ait été vaincu. Devenu depuis zélé Musulman, il soumit les peuples qui se révoltèrent après la mort de Mahomet, battit les armées d'Héraclius, conquit la Syrie, la Palestine, une partie de la Perse, et sortit vainqueur d'une foule de combats singuliers, qu'il proposait toujours aux généraux ennemis. Un trait de lui fera con-

naître son caractère. Il assiégeait la ville de Bostra. Le gouverneur grec, nommé Romain, feignit de vouloir faire une
sortie, et vint ranger ses troupes en bataille devant l'armée
musulmane. Au moment où le signal allait se donner, il fit
demander une conférence à Kaled. Les deux guerriers s'avancent aussitôt au milieu de l'espace qui séparait les deux armées. Romain dit au Musulman qu'il était décidé à lui livrer
sa ville, et même à embrasser l'islamisme : mais il ajouta
qu'il craignait que ses soldats, dont il n'était pas fort estimé,
ne voulussent attenter à ses jours, et qu'il suppliait Kaled
de lui donner les moyens d'échapper à leur vengeance.

Le meilleur de tous, lui répondit Kaled, c'est de vous battre
tout à l'heure avec moi. Cette marque de courage vous attirera
le respect de vos troupes, et nous pourrons ensuite traiter ensemble.

A ces mots, sans attendre la réponse de Romain, Kaled
tire son cimeterre, et attaque le malheureux gouverneur, qui
se défend d'une main tremblante. A chaque coup que lui portait Kaled, Romain lui disait : Voulez-vous donc me tuer?
Non, répondait le Musulman : tout ce que j'en fais n'est que
pour vous attirer de l'honneur ; et plus vous recevrez de coups,
plus vous acquerrez d'estime. Enfin il abandonna Romain
tout meurtri, s'empara bientôt de sa ville ; et lorsqu'il revit le
gouverneur, il lui demanda comment il se portait. (Marigny,
Histoire des Arabes, tome 1.)

(8) *Page* 104. Les tribus belliqueuses des Bérébères, etc.

Les Bérébères ont donné leur nom à cette partie de l'Afrique que nous appelons *Barbarie*. On les regarde avec beaucoup de vraisemblance comme les descendans des premiers
Arabes venus avec Melec-Yafrik, et confondus avec les anciens
Numides. Leur langue, qui diffère de celle des autres peuples,
pourrait bien être une corruption de la langue punique : c'est
l'opinion de M. Chénier. Quoi qu'il en soit, les Bérébères

existent encore dans le royaume de Maroc , divisés par tribus , errant dans les montagnes, ne s'alliant jamais avec les Maures, qu'ils n'aiment point , soumis au roi de Maroc comme au chef de leur religion , mais bravant son autorité quand il leur plaît. Redoutables par leur nombre , par leur courage , par leur amour de l'indépendance , ils ont conservé leurs antiques mœurs , que l'on trouvera détaillées au septième livre de mon ouvrage, d'après ce que j'ai trouvé dans Léon l'Africain, Marmol , M. Chénier , etc.

(9) *Page* 108. Tarik, l'un des plus grands capitaines , etc.

Tarik vint aborder au mont de Calpé et prit la ville d'Héraclée , à laquelle les Arabes donnèrent le nom de *Djebel Tarik*. Nous en avons fait *Gibraltar*.

(10) *Page* 110. Sous le califat d'Yézid II, etc.

Ce calife , le neuvième des Ommiades , eut une fin qui mérite au moins de la pitié. Il s'amusait un jour à jeter des grains de raisin à son esclave chérie, nommée Hababah, qui les recevait dans sa bouche. Malheureusement un de ces grains, beaucoup plus gros en Syrie qu'en Europe , s'arrêta dans le gosier d'Hababah , et l'étouffa sur-le-champ. Yézid au désespoir ne voulut jamais permettre qu'on enterrât l'objet de son amour : il garda son corps huit jours entiers dans sa chambre, sans vouloir le quitter un instant. Enfin , obligé, par la corruption , de consentir à s'en séparer , il mourut de sa douleur , après avoir ordonné qu'on l'inhumât dans le tombeau de sa chère Hababah. (Mariguy , *Hist. des Arabes ;* d'Herbelot , *Bibliothèque orientale ,* etc.)

SECONDE ÉPOQUE.

(1) *Page* **118.** Ali... bientôt après fut assassiné, etc.

Trois *Karégites* (on appelait ainsi une secte de Musulmans plus fanatiques que les autres), voyant l'empire des Arabes troublé par les querelles d'Ali, de Moavias et d'Amrou, crurent faire une chose agréable à Dieu et rendre la paix à leur patrie en assassinant à la fois ces trois rivaux. L'un d'eux courut à Damas, blessa l'usurpateur Moavias par derrière : mais la blessure ne fut pas mortelle. Celui qui s'était chargé de tuer Amrou poignarda par une méprise un des amis de ce rebelle. Le troisième vint frapper Ali comme il entrait dans la mosquée, et le vertueux calife fut le seul qui n'échappa point à son assassin. (Marigny, *Hist. des Arabes*, tome II)

(2) *Page* **119.** Mervan II, le dernier calife ommiade, etc.

Ce Mervan fut surnommé *Alhémar*, c'est-à-dire *l'Ane*, surnom qui, dans l'Orient, n'a rien que de fort honorable, d'après l'estime singulière qu'on a pour ces animaux infatigables et patiens. L'Arioste a pris dans l'histoire de ce calife le touchant épisode d'Isabelle de Galice. Mervan, étant en Égypte, devint épris d'une religieuse chrétienne, et voulut lui faire violence. La chaste fille, pour sauver sa pudeur, lui promit un onguent qui rendait invulnérable, et s'engagea d'en faire l'épreuve sur elle-même. Après s'être frotté le cou de cet onguent, elle dit au calife de frapper hardiment, et le barbare lui coupa la tête. (D'Herbelot, *Bibliothèque orientale.*)

(3) *Page* **119.** Les noms d'Haroun-al-Raschild, d'Almamon et des Barmécides, etc.

Haroun-al-Raschild, c'est-à-dire *Haroun-le-Juste*, obtint une grande gloire dans l'Orient, qu'il dut sans doute en partie, ainsi que son beau surnom, à la protection qu'il accordait aux gens de lettres. Ses victoires et son amour pour les sciences prouvent qu'Haroun n'était pas un homme ordinaire : mais sa cruauté pour les Barmécides ternit l'éclat de ses grandes actions. Cette illustre famille, issue des anciens rois de la Perse, avait rendu les services les plus signalés aux califes, et s'était attiré le respect, l'amour de tout l'empire. Giaffar, Barmécide, qui passait pour le plus vertueux des Musulmans et pour le meilleur écrivain de son siècle, était le visir d'Haroun. Il conçut un violent amour pour la belle Abassa, sœur du calife. La princesse aima Giaffar; et le calife, qui avait pour sa sœur au moins une amitié fort jalouse, vit avec peine ces amours. Cependant il consentait à leur hymen : mais, par un caprice digne d'un despote d'Orient, il exigea que l'amoureux Giaffar lui fît serment de ne jamais user des droits d'époux. L'infortuné s'y soumit, et fut long-temps fidèle à sa promesse. Malheureusement Abassa, dont l'esprit et le talent pour la poésie étaient fort célèbres, lui écrivit un jour ces vers, rapportés par Abou-Agélab, historien arabe, et que je ne fais que rimer :

> La sévère pudeur me prescrivait la loi
> De te cacher le feu qui consume mon âme.
> Mais il éclate malgré moi ;
> Je cède en rougissant à ma brûlante flamme.
> Déchire ce billet que je baigne de pleurs :
> Soit de honte ou d'amour, il faudra que j'expire ;
> Pouvais-je mourir sans te dire
> Que c'est pour toi seul que je meurs ?

Giaffar, ne se possédant plus, courut chez son épouse, et oublia son serment. Bientôt après, Abassa fut obligée de prendre des précautions pour cacher sa grossesse à son frère. Tout réussit : elle accoucha secrètement d'un fils que l'on envoya nourrir à la Mecque. Quelques années après, Haroun alla faire son pèlerinage dans cette ville, et sut par une esclave perfide toutes les circonstances du parjure de Giaffar. L'atroce Haroun (on aurait peine à le croire, si ce fait n'était authentique dans tout l'Orient), fit jeter sa sœur dans un puits, fit couper la tête à Giaffar, et ordonna qu'on mît à mort tous les parens de l'infortuné Barmécide. Son père Jahiah, vieillard vénérable, adoré de tout l'empire, qu'il avait gouverné long-temps, reçut le trépas avec une constance héroïque. Avant de mourir, il écrivit ce peu de mots au calife :

« L'accusé passe le premier, l'accusateur le suivra dans « peu. Tous deux paraîtront devant un juge que les procé- « dures ne peuvent tromper. »

L'implacable Haroun poussa la démence jusqu'à défendre que l'on parlât des Barmécides. Un Musulman, nommé Mundir, osa braver cette loi, et fit publiquement leur éloge. Le calife l'envoya chercher, et le menaça du supplice. Vous pouvez, lui répondit Mundir, me faire taire en me donnant la mort, et vous n'avez que ce moyen : mais vous ne pouvez pas faire taire la reconnaissance de tout l'empire pour ces vertueux ministres ; et les débris même des monumens qu'ils ont élevés, et que vous détruisez, parleront malgré vous de leur gloire.

Haroun, touché de ces paroles, lui fit donner une assiette d'or. Mundir, en la recevant, s'écrie : Voici encore un bienfait des Barmécides !

Tel fut ce fameux Haroun qui portait le nom de *Juste.*

Almamon son fils n'eut point de surnom, et fut le plus vertueux, le plus sage, le meilleur des hommes. On en peut juger par ce mot de lui. Ses visirs le pressaient de punir de mort un de ses parens qui s'était fait proclamer calife et avait porté les armes contre lui ; Almamon ne voulut jamais y consentir, et leur dit, les larmes aux yeux : « Ah ! si l'on savait « combien j'ai de plaisir à pardonner, tous ceux qui m'ont « offensé viendraient me faire l'aveu de leurs fautes. »

Ce prince adorable fit fleurir les sciences et les beaux-arts :
son règne est la plus belle époque de leur gloire chez les Arabes. (Marigny, *Histoire des Arabes*; d'Herbelot, *Bibliothèque
orientale*.)

(4) *Page* 122. Des irruptions des Français dans la Catalogne, etc.

Les historiens ne sont point d'accord sur l'époque où Charlemagne vint en Espagne. Il paraît que ce fut sous le règne
d'Abdérame Ier que cet empereur passa les Pyrénées, prit
Pampelune, Saragosse, et fut battu dans sa retraite aux défilés de Roncevaux, lieu si célèbre dans les romans par la mort
de Roland.

(5) *Page* 126. Un gouvernement où les droits des peuples étaient respectés, etc.

Les anciennes lois d'Aragon, connues sous le nom de *Fore
de Sobrarbe*, limitaient la puissance des souverains en lui donnant un contre-poids dans celle des *ricos Hombres* et du magistrat qui s'appelait *le Justice*. Tout le monde connaît la for-
mule du serment que les états d'Aragon prêtaient à leur roi :
*Nos que valemos tanto como vos, y que podemos mas que
vos, os hazemos neustro rei, con tal que guardeis neustros
fueros, sino, no* [1].

(6) *Page* 127. L'école célèbre dont les élèves, etc.

L'école de musique fondée à Cordoue par Ali-Zériab produisit le fameux Moussali, que les Orientaux regardent comme
leur plus grand musicien. Cette musique ne consistait point,
comme la nôtre, dans l'accord de différens instrumens, mais
simplement dans les airs doux et tendres que le musicien chantait en s'accompagnant du luth. Quelquefois on réunissait plusieurs voix et plusieurs luths ensemble pour exécuter les mêmes

---

[1] Nous qui valons autant que vous, et qui pouvons plus que vous, nous
vous reconnaissons pour notre roi, à condition que vous respecterez nos
priviléges, sinon, non.

airs à l'unisson. Cette musique suffisait et suffit encore à des
peuples passionnés pour la poésie, et dont le premier besoin,
lorsqu'ils écoutent une voix, est d'entendre les vers qu'elle
chante. Ce Moussali, qui fut élève d'Ali-Zériab à Cordoue,
devint ensuite, par son talent, le favori d'Haroun-al-Raschild. On raconte que ce calife, s'étant brouillé avec une de
ses favorites nommée Mariah, tomba dans une mélancolie qui
faisait craindre pour ses jours. Giaffar, le Barmécide, son
premier visir, pria le poëte Abbas-ben-Ahnaf de faire des vers
sur cette brouillerie. Ces vers furent chantés par Moussali devant le calife, qui fut tellement touché des pensées du poëte et
des accens du musicien, qu'il courut sur-le-champ aux genoux
de sa maîtresse demander et donner pardon. Mariah recon-
naissante envoya vingt mille drachmes d'or au poëte et à
Moussali; Haroun leur en fit donner quarante mille. (Cardonne, *Histoire d'Afrique*, livre II.)

(7) *Page* **132.** La statue de la belle esclave, etc.

Mahomet, par horreur pour l'idolâtrie, défend à son peuple,
dans l'Alcoran, toute figure imitée : mais ce précepte ne fut
jamais bien observé. Les califes d'Orient faisaient mettre sur
leurs monnaies l'empreinte de leur image, comme on peut le
voir dans les médailles que conservent quelques curieux : un
des côtés représente la tête du calife; l'autre porte son nom et
des passages de l'Alcoran. Dans les palais de Bagdad, de
Cordoue, de Grenade, il y avait plusieurs figures d'animaux
et beaucoup de sculptures en marbre et en or. (Cardonne,
Histoire d'Afrique, livre II.)

(8) *Page* **134.** Le roi de l'Europe le plus riche, etc.

On peut juger de cette opulence par le présent que reçut
Abdérame III d'un de ses sujets nommé Abdoulmelek-ben-
Chéid, qui fut élevé à la dignité de premier visir. Voici quel
fut ce présent, tel que le rapporte Ibn-Kalédan, historien
arabe : 400 livres d'or vierge, 420,000 sequins en lingots

d'argent, 420 livres de bois d'aloès, 500 onces d'ambre gris,
300 onces de camphre, 30 pièces de drap d'or et de soie, 10
fourrures de martre du Korassan, 100 autres fourrures de
martre plus communes, 48 housses de chevaux traînantes,
tissues d'or de Bagdad, 4,000 livres de soie, 30 tapis de
Perse, 800 armures de fer pour des coursiers, 1,000 bou-
cliers, 100,000 flèches, 15 chevaux arabes pour le calife,
100 autres pour ses officiers, 20 mules avec leurs selles et housses traînantes, 40 jeunes garçons, et 20 jeunes filles d'une
rare beauté. (Cardonne, *Histoire d'Afrique*, livre II.)

(9) *Page* 144. Le faible calife..... s'endormait, etc.

C'est à peu près vers ce temps qu'arriva la fameuse aventure
des sept enfans de Lara, si célébrée par les historiens et par
les romanciers espagnols. Ces jeunes guerriers étaient sept
frères, fils de Gonzalve Gustos, proche parent des premiers
comtes de Castille et seigneurs de Salas de Lara. Le beau-
frère de Gonzalve Gustos, nommé Ruy Velasquez, excité par
les horribles conseils de sa femme dona Lambra, qui prétendait avoir à se plaindre du plus jeune des sept frères, médita
contre eux une vengeance atroce. Il commença par envoyer
leur père Gonzalve en ambassade au roi de Cordoue, avec
des lettres particulières dans lesquelles il priait le calife de
faire périr cet ennemi des Musulmans. Le calife ne voulut
point commettre ce crime; il se contenta de retenir Gonzalve
en prison. Pendant ce temps, le perfide Velasquez, sous prétexte d'aller attaquer les Maures, conduisit ses sept neveux
dans une embuscade, où les ennemis les ayant enveloppés,
ils périrent tous, jusqu'au dernier, après des exploits admirables et avec des circonstances qui rendent cette histoire infiniment touchante. Cet oncle barbare envoya les têtes des sept
infortunés dans le palais de Cordoue, et les fit présenter à leur
père dans un plat d'or couvert d'un voile. Le père, en décou-
vrant ce plat, tomba privé de sentiment. Le calife, indigné
contre Velasquez, rendit à Gonzalve la liberté. Mais Velas-

quez était trop puissant pour que Gonzalve pût espérer de le punir. Il le tenta vainement ; la vieillesse lui avait ôté ses forces. Solitaire avec son épouse, il pleurait ses enfans, et demandait au ciel de les suivre au tombeau, lorsqu'il lui vint un vengeur sur lequel il ne comptait pas.

Gonzalve, pendant qu'il était prisonnier à Cordoue, avait été l'amant heureux de la sœur du roi musulman. Cette princesse, après son départ, était accouchée d'un fils qu'elle avait appelé *Mudarra Gonzalve.* Parvenu à l'âge de quinze ans, ce fils, instruit du nom de son père et du forfait de Velasquez, ce fils né pour être un héros, résolut de venger ses frères. Il part de Cordoue, va défier Velasquez, le tue, lui coupe la tête, et la porte au vieillard Gonzalve, en lui demandant de le reconnaître et de le faire chrétien. L'épouse de Gonzalve consentit avec transport à devenir la mère de ce brave bâtard. Mudarra fut adopté solennellement par les deux époux. La femme de Velasquez fut lapidée et brûlée. C'est de ce Mudarra Gonzalve que se prétendent issus les Mauriques de Lara, l'une des plus grandes maisons de l'Espagne. (Mariana, *Histoire d'Espagne*, livre VIII, chap. 9 ; *Compend. histor.*, tome I, lib. 10.)

TROISIÈME ÉPOQUE.

(1) *Page* 149. Trois évêques de Catalogne, etc.

Ces trois évêques, morts en combattant pour les Musulmans à la bataille d'Albakara, donnée en 1010, étaient Arnaulphe, évêque de Vic ; Accio, évêque de Barcelone ; et Othon, évêque de Girone. (Mariana, *Histoire d'Espagne*, liv. VIII, chap. 10.)

(2) *Page* 153. Toujours prêt, dans sa faveur, etc.

Rodrigue Dias de Bivar, surnommé *le Cid*, si connu par ses amours avec Chimène et son duel avec le comte de Gormas, a été le sujet de beaucoup de poëmes, de romans et de romances espagnoles. Sans adopter toutes les anecdotes extraordinaires que ces différens ouvrages rapportent de ce héros, il est prouvé, par le témoignage des historiens, que le Cid fut non-seulement le plus brave, le plus redouté des chevaliers de son siècle, mais le plus vertueux, le plus généreux des hommes. Il s'était déjà rendu célèbre par ses exploits sous le règne de Ferdinand Ier, roi de Castille, en 1050. Lorsque son fils Sanche II voulut dépouiller sa sœur Urraque de la ville de Zamora, le Cid, avec une noble hardiesse, lui représenta qu'il faisait une injustice, et qu'il violait à la fois les droits du sang et les lois de l'honneur. L'impétueux Sanche exila le Cid, qu'il rappela bientôt par besoin. Quand la mort de ce Sanche, tué en trahison devant Zamora, eut donné le trône à son frère Alphonse VI, les Castillans désiraient que leur nouveau roi jurât solennellement qu'il n'avait eu aucune part à l'assassinat de son frère. Personne n'osait demander au monarque ce redoutable serment : le Cid, à l'autel même où Alphonse était couronné, le lui fit prononcer, en y mêlant des malédictions horribles contre les parjures. Alphonse ne lui pardonna jamais cette liberté : il exila bientôt le Cid, sous prétexte qu'il était entré sur les terres du roi de Tolède Almamon, son allié, où Rodrigue avait, par mégarde, poursuivi quelques fuyards. Ce fut le temps de cet exil qui devint l'époque la plus glorieuse pour le Cid ; ce fut alors qu'il fit tant de conquêtes sur les Maures, aidé seulement des braves chevaliers que sa réputation attirait sous ses drapeaux. Alphonse le rappela, lui rendit en apparence ses bonnes grâces : mais Rodrigue était trop franc pour soutenir long-temps la faveur. Banni de nouveau de la cour, il alla conquérir Valence ; et, maître de cette forte ville, de beaucoup d'autres, d'un vaste pays, il ne tenait qu'à Rodrigue de se faire souverain : jamais il ne le voulut ; il fut toujours le sujet fidèle d'Alphonse, quoique Alphonse l'eût souvent offensé. Le Cid mourut à Valence en 1099, chargé de gloire et d'années. Il n'avait eu qu'un seul fils, qui fut tué jeune dans un combat. Ses deux filles, dona Elvire et dona Sol, épousèrent deux princes de la maison de Navarre ; et, par une longue suite d'alliances, elles se trouvent les aïeules des Bourbons qui règnent aujourd'hui en France et en Espagne. (Mariana, *Histoire d'Espagne*, liv. IX et X ; Garibai, *Compend. histor.*, tom. II, lib. 2.)

(3) *Page* 154. **Plus féroces, plus sanguinaires, etc.**

L'histoire d'Afrique est une suite continuelle de meurtres. Les circonstances les plus atroces les accompagnent et les varient sans cesse : on frémit d'horreur à toutes les pages ; et si l'on jugeait l'humanité d'après ces sanglantes annales, on serait tenté de penser que, de toutes les bêtes féroces, l'homme est la plus méchante et la plus cruelle. Dans la foule des scélérats africains qui portèrent la couronne, on distingue un *Abou-Ishak*, de la race des *Aghlébites*, qui, après avoir fait égorger huit de ses frères, se plaisait à verser lui-même le sang de ses propres enfans. La mère de ce monstre parvint avec peine à dérober à sa fureur seize jeunes filles qui lui étaient nées, en différens temps, de ses nombreuses épouses. Un jour, dînant avec Ishak, cette mère, qui croyait avoir besoin de pardon, saisit le moment où son fils semblait regretter de n'avoir plus d'enfans : tremblante, elle lui avoua qu'elle avait sauvé seize de ses filles. Le tigre parut attendri, et désira de les voir. Elles vinrent : leur âge, leur grâce, touchèrent le féroce Ishak ; il les caressa long-temps. Sa mère, pleurant de joie, se retira pour aller remercier Dieu de ce changement. Une heure après, des eunuques vinrent lui porter, par ordre du roi, les seize têtes des jeunes princesses.

Je pourrais citer plusieurs traits pareils de cet exécrable Ishak, attestés par les historiens. Il régna long-temps, fut heureux dans toutes ses guerres, et mourut de maladie. (Cardonne, *Histoire d'Afrique*, liv. III.)

Le temps n'a point affaibli cette férocité sanguinaire qui semble dans les Africains être un vice inhérent au climat. De nos jours, *Mulei-Abdalla*, le père de *Sidi-Mahomet*, le dernier roi de Maroc, a renouvelé ces scènes d'horreur. Il pensa se noyer un jour en traversant une rivière. Un de ses nègres le secourut, et se félicitait d'avoir eu le bonheur de sauver son maître. Mulei l'entendit; et tirant son sabre : *Voyez*, dit-il, *cet infidèle qui croit que Dieu avait besoin de lui pour conserver les jours d'un chérif!* En disant ces mots, il lui fendit la tête.

Ce même Mulei avait un domestique de confiance qui le servait depuis long-temps, et que ce roi barbare semblait aimer. Dans un moment de franchise, il pria ce vieux serviteur d'accepter deux mille ducats et de s'en aller, de peur qu'il ne lui prît envie de le tuer comme tant d'autres. Le vieillard embrassa ses genoux, refusa les deux mille ducats, et lui dit, avec des sanglots, qu'il aimait mieux périr de sa main que d'abandonner ce cher maître. Mulei y consentit avec peine. Quelques jours après, sans aucun motif, pressé de cette soif de sang dont les accès redoublaient quelquefois, Mulei tua d'un coup de fusil ce malheureux domestique, en lui disant qu'il avait mal fait de ne pas accepter son congé. (*Recherches historiques sur les Maures*, par M. Chénier, tome III.)

Ces traits sont pénibles à rapporter; mais ils font connaître les mœurs, donnent de l'horreur pour le despotisme et de l'amour pour les lois; ce qui n'est jamais inutile.

(4) *Page* 159. Et jouit de la double gloire, etc.

Averroès était de Cordoue, d'une des premières familles de cette ville. Sa traduction d'Aristote fut mise en latin; et nous n'avons eu pendant long-temps que cette version. Ses autres ouvrages, *de Naturá orbis*, *de Re medicá*, sont encore estimés des savans. Averroès est regardé, avec raison, comme le premier des philosophes arabes. Ils ne sont pas nombreux chez cette nation, où les prophètes et les conquérans ont été communs. Sa philosophie lui attira des malheurs. L'indifférence qu'il affectait pour toutes les religions, à commencer par la sienne, excita contre lui les prêtres, les fanatiques, surtout ceux que ses talens rendaient jaloux : ils l'accusèrent devant l'empereur de Maroc d'être un hérétique. Averroès fut condamné à faire amende honorable à la porte de la mosquée, et à recevoir sur le visage les crachats de tous les fidèles qui viendraient prier pour sa conversion. Il subit cet humiliant supplice en répétant ces paroles : *Moriatur anima mea morte philosophorum !*

(5) *Page* 165. Et brise les chaînes de fer, etc.

Ce roi de Navarre était Sanche VIII, surnommé *le Fort*. Ce fut en mémoire de ces chaînes brisées par lui à la bataille de Toloza, qu'il fit ajouter aux armes de Navarre les chaînes d'or qu'on y voit sur le champ de gueules.

(6) *Page* 170. Cousin germain de saint Louis, etc.

Blanche, mère de saint Louis, était fille d'Alphonse-le-Noble, roi de Castille. Elle avait une sœur nommée Bérengère, mariée au roi de Léon, et mère de Ferdinand III. Plusieurs historiens; entre autres Mariana et Garibai, soutiennent que Blanche était l'aînée de Bérengère. Par conséquent, saint Louis eût été l'héritier direct du trône de Castille. La France a conservé long-temps cette prétention. D'autres disent que Bérengère était l'aînée. Il est étonnant que ce point d'histoire n'ait pas été éclairci : mais il est simple que les droits de Ferdinand aient prévalu, puisqu'ils étaient soutenus de l'amour des Castillans.

QUATRIÈME ÉPOQUE.

(1) *Page* 187. Alphonse-le-Sage... monta sur le trône, etc.

C'est cet Alphonse-le-Sage qui disait en badinant, que, *s'il avait été du conseil de Dieu dans le temps de la création, il lui aurait donné de bons avis*. Cette plaisanterie lui a été durement reprochée par les historiens. Alphonse-le-Sage était grand astronome. Ses *Tables alphonsines* lui ont acquis beaucoup de réputation. Son recueil de lois, intitulé *las Partidas*, prouve que le bonheur de son peuple l'occupait autant que l'étude. C'est dans ce recueil qu'on trouve ces mots remarquables, écrits par un roi dans le treizième siècle : *Le despote arrache l'arbre, le sage monarque l'émonde*.

(2) *Page* 188. De se faire élire empereur, etc.

Alphonse-le-Sage avait été élu empereur en 1257 : mais il était trop loin de l'Allemagne, et trop occupé chez lui pour soutenir cette élection. Il fit pourtant, en 1273, un voyage à Lyon, où le pape Grégoire X était alors, pour plaider sa cause devant ce pontife. Le pape décida pour Rodolphe de Habsbourg, tige de la maison d'Autriche. Ainsi les papes donnaient les couronnes. (*Révolutions d'Espagne*, tome I, livre III.)

(3) *Page* 190. Sanche... n'en régna pas moins après lui, etc.

Ce Sanche, surnommé *le Brave*, qui porta les armes contre son père, et parvint au trône après lui, n'était que le second fils d'Alphonse-le-Sage. L'aîné, Ferdinand *de la Cerda*, prince doux et vertueux, était mort à la fleur de ses jours, laissant au berceau deux enfans qu'il avait eus de son épouse Blanche, fille de saint Louis, roi de France. Ce fut pour priver ces enfans de leurs droits à la couronne que l'ambitieux

Sanche fit la guerre à son père. Il réussit dans ses criminels desseins : mais les princes de la Cerda, protégés par la France, par l'Aragon, et ralliant autour d'eux tous les mécontens de Castille, furent la cause ou le prétexte de longues et sanglantes divisions. (Mariana, tome I, livre XIV ; Garibai, Ferreras, etc.)

(4) *Page* 198. Ferdinand IV, surnommé l'Ajourné, etc.

Ferdinand IV, fils et successeur de Sanche-le-Brave, était encore enfant lorsqu'il monta sur le trône. Sa minorité fut très-orageuse : mais le génie et les grandes qualités de la reine Marie, sa mère, vinrent à bout de calmer les factions. Il fut surnommé *l'Ajourné*, parce qu'ayant, dans un accès de colère, fait précipiter du haut d'un rocher deux frères du nom de *Carvajal*, accusés et non convaincus d'un assassinat, ces deux frères, au moment de mourir, protestèrent de leur innocence, en appelèrent aux lois et à Dieu, et *ajournèrent* l'emporté Ferdinand à comparaître dans trente jours devant le juge des rois. A cette époque précise, Ferdinand, qui marchait contre les Maures, se retira pour dormir après son dîner, et fut trouvé mort sur son lit. Les peuples d'Espagne ne doutèrent point que ce trépas subit ne fût un effet de la justice divine. Il eût été utile que les rois ses successeurs, et surtout Pierre-le-Cruel, en fussent persuadés. (Mariana, tome I, livre XV, chap. 11.)

(5) *Page* 199. Retiré dans les murs de Tariffe, etc.

Après que Sanche-le-Brave se fut emparé de Tariffe, les Africains vinrent l'assiéger. Ce fut pendant ce siége qu'Alphonse de Gusman, gouverneur de la ville pour les Espagnols, donna un exemple d'héroïsme digne de l'ancienne Rome, mais qui ne peut pas être jugé par les cœurs paternels. Le fils de Gusman fut pris dans une sortie. Les assiégeans le conduisirent sous les murailles, et menacèrent le gouverneur d'immoler ce fils, s'il ne se rendait sur-le-champ. Gusman, pour toute réponse, leur jette un poignard et se retire des créneaux. Un moment après, il entend les Espagnols pousser de grands cris. Il accourt en demandant la cause de cette alarme : on lui dit que les Africains viennent d'égorger son fils. *Dieu soit loué!* répond-il, *j'avais pensé que la ville était prise.* (*Révolutions d'Espagne*, tome I, livre IV.)

(6) *Page* 205. La célèbre Inès de Castro, etc.

La passion de Pierre de Portugal pour Inès de Castro fut portée à un tel excès, qu'elle excuse peut-être les atrocités que Pierre exerça contre les meurtriers de sa maîtresse. Ces meurtriers étaient trois principaux seigneurs portugais, nommés Gonzalès, Pachéco et Coëllo : ils l'avaient poignardée eux-mêmes entre les bras de ses femmes. Pierre, qui n'était alors que prince de Portugal, sembla dès ce moment perdre la raison, et de vertueux et doux qu'il avait été jusqu'alors, il devint féroce et presque insensé. Il prit les armes contre son père, il mit à feu et à sang les provinces où les assassins avaient des biens; et, dès qu'il fut monté sur le trône, il exigea du roi de Castille Pierre-le-Cruel qu'il lui livrât Gonzalès et Coëllo, qui s'étaient réfugiés chez lui. Pachéco était en France, où il mourut. Pierre, maître de ses ennemis, leur fit subir les supplices les plus douloureux, leur fit arracher le cœur tandis qu'ils étaient encore vivans, et voulut assister lui-même à cet horrible spectacle. Après avoir assouvi sa vengeance, cet amant forcené de douleur et d'amour exhuma le corps d'Inès, le revêtit d'habits magnifiques, posa sa couronne sur ce front livide et défiguré, la proclama reine de Portugal, et força les grands de sa cour à venir lui rendre leurs hommages. (*Histoire de Portugal*, par Lequieu de la Neuville, livre II.)

(7) *Page* 208. La plupart des ouvrages de ces auteurs grenadins périt, etc.

Après la prise de Grenade, le cardinal Ximénès fit brûler tous les exemplaires de l'Alcoran qu'il put se procurer. Les soldats, ignorans ou superstitieux, prenaient pour l'Alcoran tout ce qui était écrit en arabe, et jetèrent au feu une foule d'ouvrages en prose et en vers.

(8) *Page* 223. Les Abencerrages , tribu puissante , etc.

Les habitans de Grenade, et tous les Maures en général, étaient divisés en tribus , composées des rejetons de la même famille. Ces tribus étaient plus ou moins nombreuses, plus ou moins considérées ; mais elles ne se confondaient point et ne se divisaient jamais. Chacune de ces tribus avait un chef, qui était le descendant en droite ligne masculine de la première tige de la famille. A Grenade, il y avait trente-deux tribus distinctes. Les plus renommées étaient celles des *Abencerrages* , des *Zégris* , dont il sera beaucoup parlé dans cet ouvrage, des *Alabez*, des *Almorades,* des *Vanégas* , des *Gomèles* , des *Abidbars*, des *Ganzuls* , des *Abénamars*, des *Aliatars ,* des *Réduans* , des *Aldoradins*, etc. Elles étaient souvent ennemies les unes des autres , et cette haine se transmettait de père en fils ; ce qui rendait si fréquentes les guerres civiles.

(9) *Page* 223. Isabelle... épousa le roi de Sicile Ferdinand, etc.

Le mariage de Ferdinand et d'Isabelle se fit d'une manière singulière. Isabelle , après avoir été accordée avec le prince de Viane don Carlos, frère aîné de Ferdinand, et dont la vie, les malheurs , sont si intéressans dans l'histoire d'Espagne, après avoir été promise au grand-maître de Calatrava Pachéco, recherchée par Alphonse, roi de Portugal , par le duc de Guienne, frère de Louis XI, roi de France, par le frère d'Édouard , roi d'Angleterre, Isabelle se décida pour le jeune Ferdinand , héritier du trône d'Aragon, et déjà roi de Sicile. Il fallait tromper le roi de Castille Henri IV , qui s'opposait formellement à ce mariage. L'archevêque de Tolède Carillo , qui consuma sa longue vie dans les intrigues et dans les factions , se chargea de tout arranger. Il enleva d'abord Isabelle de la cour du roi son frère, et la mit en sûreté à Valladolid. Ensuite il fit arriver, dans le plus grand secret, le jeune Ferdinand, déguisé, suivi seulement de quatre cavaliers. Le mariage se fit tout de suite, le plus simplement et le plus secrètement possible. Les nouveaux époux, qui devaient un jour être maîtres des trésors du Nouveau-Monde, furent obligés d'emprunter à leurs serviteurs de quoi payer les modiques frais de leur noce. Ils se séparèrent peu après; et dès que le roi de Castille eut appris cet événement, les troubles, les factions, les guerres civiles éclatèrent.

Isabelle était un peu plus âgée que Ferdinand. Elle était petite, mais bien faite. Ses cheveux, au moins très-blonds, ses yeux verts et pleins de feu, son teint un peu olivâtre, ne l'empêchaient pas d'avoir un visage imposant et agréable. Ferdinand était de taille moyenne; il avait le teint fort brun, les yeux noirs et vifs, l'air grave et toujours calme. Sobre à l'excès, il ne mangeait que de deux mets, et ne buvait que deux fois dans ses repas. Leur caractère moral est dans toutes les histoires. (*Révolutions d'Espagne*, tome IV, livre VIII; Mariana, *Histoire d'Espagne*, tome II, livre XXV; *Histoire de Ferdinand et d'Isabelle*, par l'abbé Mignot, etc.)

(10) *Page* 239. Le beau précepte de l'aumône, etc.

L'aumône est un des plus grands préceptes de la religion des Mahométans. Plusieurs paraboles la leur recommandent, entre autres celle-ci, que je ne puis m'empêcher de rapporter : « Le souverain juge, au dernier jour, attachera autour de « celui qui n'aura point fait l'aumône un effroyable serpent, « dont le dard piquera sans cesse sa main avare, qui ne s'ou- « vrit point pour les malheureux. » (*Religion de Mahomet*, etc. Réland, *dixième leçon*.)

FIN DES NOTES.

SOMMAIRES

DU PRÉCIS HISTORIQUE.

PREMIÈRE ÉPOQUE.

SECONDE ÉPOQUE.

TROISIÈME ÉPOQUE.

FIN DES SOMMAIRES.

TABLE DES MATIÈRES

CONTENUES DANS CE VOLUME.

FIN DE LA TABLE.

IMPRIMERIE DE MOQUET ET COMP.,
Rue de la Harpe, 90.